大作家童话

みやざわ けんじ

The Celestial Railroad

银 河 铁 道 之 夜

[日] 宫泽贤治————著

陕西师范大学出版总社

王敏————译

图书代号：WX18N1636

图书在版编目（CIP）数据

银河铁道之夜 /（日）宫泽贤治著；王敏译 . — 西安：
陕西师范大学出版总社有限公司，2019.1
ISBN 978-7-5695-0364-7

Ⅰ . ①银… Ⅱ . ①宫… ②王… Ⅲ . ①长篇小说－日本－
现代 Ⅳ . ① I313.45

中国版本图书馆 CIP 数据核字（2018）第 245714 号

银河铁道之夜

YINHE TIEDAO ZHI YE

[日] 宫泽贤治 著　王 敏 译

责任编辑	焦　凌	
特约编辑	陈巧文	
责任校对	宋媛媛	
装帧设计	COMPUS·汐和	
出版发行	陕西师范大学出版总社	
	（西安市长安南路 199 号　邮编 710062）	
网　址	http://www.snupg.com	
印　刷	山东临沂新华印刷物流集团有限责任公司	
开　本	787mm×1092mm　1/32	
印　张	5.5	
插　页	4	
字　数	110 千	
版　次	2019 年 1 月第 1 版	
印　次	2019 年 1 月第 1 次印刷	
书　号	ISBN 978-7-5695-0364-7	
定　价	39.80 元	

读者购书、书店添货或发现印装有问题，请与营销部联系、调换。
电　话：（029）85307864　85303629　传　真：（029）85303879

目 录 | Contents

银 河 铁 道 之 夜

1. 午后的课堂

"同学们，这片模糊的白色有人说它像河流，有人说它像牛奶流淌过的痕迹，大家知道它究竟是什么吗？"巨大的星座图挂在黑板上，老师指着那贯穿上下、白蒙蒙的银河问道。

柯贝内拉举手了，随后又有四五个同学也把手举了起来。乔班尼也想要举手，却马上打消了这个念头。没错，那些都是星星，他以前在杂志上看到过。但最近，乔班尼在教室里几乎每天都困得慌，没有看书的工夫，也没有书可看，所以他觉得自己现在脑子里是一团糨糊。

不过，老师早已察觉到他的犹豫了。

"乔班尼同学，你知道吧？"

乔班尼腾地站了起来，可站起来后却什么也答不出来。前座的扎内利回过头来看着他，坏坏地笑着。乔班尼整个儿慌了神，脸涨得通红。老师又问道："用大型望远镜仔细观察银河的话，银河到底是什么呢？"

就是星星啊！乔班尼心里这样想着，可这次还是没能让答案立刻从嘴里蹦出来。

老师脸上露出了一抹困扰的神色，紧接着把目光投向了柯贝内拉。

"柯贝内拉同学。"老师点名道。

柯贝内拉刚才还那么自信满满地把手举得高高，这时只是扭扭捏捏地站起身子，却什么也没答上来。

老师惊讶地盯了柯贝内拉一会儿，马上又接下自己的话茬，指着黑板上的星座图说道："那么我们来看，用大型望远镜观测这片白蒙蒙的银河就能发现，这里还有许许多多小星星。乔班尼同学，是这样吧？"

乔班尼满脸通红地点了点头，不知什么时候，他的双眼已噙满了泪水。"是啊，我一直都知道啊，不用说，柯贝内拉也是知道的。有一次在柯贝内拉的博士爸爸家里，明明自己和他一起在一本杂志上看到过的嘛。看完那本杂志之后，柯贝内拉还去父亲书房里抱了一本大书来，书里有那幅名为'银河'的美丽照片。两人盯着那漆黑一片、缀满无数白色星点的书页看了好久。柯贝内拉当然不会忘记这些，他只是装作不知道罢了。最近，我早晚都在辛苦工作，来学校也不能和大家一起畅快地玩儿，连和柯贝内拉都没能好好地说上两句话。他是因为同情我，才故意不回答老师的吧。"想到这里，乔班尼觉得自己和柯贝内拉真是可怜极了。

老师接着说："所以，如果我们真的把银河比作一条河流，那其中的一颗颗小星星就相当于河底的细沙、碎石。而如果把银河比作流淌的牛奶，那它就更像是天上的河流，那些星星也就像是漂浮在牛奶中的细小脂肪球。那么，什么又相当于这河里的水呢？那就是'真空'。真空以某种速度传播光，太阳和地球当然也漂浮其中。就是说，我们也都生活在这天河的水中。而从这天河的水中观察周围就会发现，正如水越深就越显得湛蓝一样，天河底越深远，星星就越显得密集，所以看上去白茫茫的一片。大家来看这个模型。"

老师指着一个里面装有许多闪烁沙粒的大型双面凸透镜说道："天河的形状正是这样的。可以把这一颗颗发光的沙粒想象为自行发光的星体，就和我们的太阳一样。太阳大致位于银河的中间，地球则与太阳近在咫尺。请同学们来假设一下，你们夜晚站在这个正中间的位置，观察凸透镜中的世界。因为这部分的镜片较薄，所以大概只能看到很少几颗发光的沙粒——就是星星。而这边和这边的玻璃镜面较厚，就能清楚地看见大量的星星，较远的地方看上去则显得白蒙蒙的。这就是当今关于银河的学说。至于这个凸透镜究竟有多大，以及这里面许许多多星星的情况如何，由于已到下课时间，我会在下次自然课上再继续讲解。今天是银河节[1]，大家都到户外去好好地观赏夜空吧。今天的课就上到这里，请大家收起课本和笔记。"

---

1 银河节：作者虚构的节日。

教室里响起一阵整理课桌和书本的声音，然后同学们全体起立向老师行完礼，就离开了教室。

2. 印刷厂

乔班尼刚出校门，就发现同班的七八个同学没有回家，聚集在校园角落的樱树下围着柯贝内拉。今晚银河节要在河里放蓝灯，他们好像在商量去摘制作蓝灯的土瓜。

但乔班尼只是高高地挥挥手，就快步走出了校门。此时，小镇上的家家户户都在把杉叶球挂在门上，或是在扁柏树枝上吊起灯笼，为今夜的银河节做着各种准备。

乔班尼没有回家，在街上转了三个弯后，进了一家规模不小的印刷厂。他向入口柜台里一个穿宽松白衬衫的人行完礼，便脱鞋走进去打开了尽头的门。虽然是白天，里面却灯火通明，一台台轮转印刷机不停歇地运转着。工人们头扎布巾眼戴遮光罩，手里不停地干活，一边还在唱歌似的边读边数着什么。

乔班尼朝从入口处数起第三张高台走过去，冲那儿坐着的人行了礼。那人在架子上搜寻了一会儿之后，找出一张纸片递给乔班尼说："这么多能拣得了吧。"

乔班尼从那人的桌脚处掏出一个扁扁的小箱子，蹲到对面灯光明亮的墙角里，开始用细小的镊子挑拣起小米粒般的铅字来。一个系蓝色围裙的人从乔班尼身后走过时说："喂，小放大镜，早啊！"

旁边的四五个工人既不作声也不抬头，只是冷冷地笑了笑。

乔班尼不停地揉着眼睛，按照纸片上写的挑拣着铅字。

六点的钟声敲响之后不久，乔班尼把填满铅字的小扁箱和手上的纸片又核对了一次之后，又来到之前高台旁那人的面前。那人不声不响地接过箱子，微微点了点头。

乔班尼行了个礼又打开门，回到入口柜台处。那个穿白衣服的人还是什么也没说，递给了乔班尼一枚小小的银币。乔班尼立刻笑逐颜开，使劲鞠了一躬，便掏出放在柜台下的书包飞奔了出去。他兴高采烈地吹着口哨，还顺便从面包店买了一块面包和一包方糖，然后一溜烟地跑掉了。

3. 家

乔班尼兴冲冲地回到巷子里小小的家中。三扇门最左边的那扇旁边放着一只空箱子，箱子里种植着紫色的羽衣甘蓝和芦笋，两扇小窗户上的遮阳篷都还没有收起。

"妈妈，我回来了。没有哪里不舒服吧？"乔班尼一边脱鞋一边问道。

"啊，乔班尼，工作很辛苦吧？今天很凉快，我感觉不错。"

乔班尼从玄关走了进来，乔班尼的妈妈披着一条白色围巾，躺在靠近门的房间里。乔班尼打开了窗户。

"妈妈，我今天去买了方糖，我想给您加在牛奶里喝。"

"你先喝吧，我现在还不想喝。"

"妈妈，姐姐什么时候回去的？"

"三点左右吧，大家都帮了我不少忙呢。"

"妈妈，您的牛奶还没送来吗？"

"好像还没呢。"

"我去取吧。"

"我不着急，你先吃点东西吧。你姐姐用番茄做了点儿东西，就放在那边。"

"那我先吃啦。"

乔班尼从窗户旁边端过那碟番茄，就着它狼吞虎咽地吃起面包来。

"妈妈，我觉得爸爸很快就能回来。"

"我也这么觉得呢，你怎么会这样想？"

"因为今天早上的报纸上说，今年北方渔业大丰收。"

"不过你爸爸也许根本没有出海捕鱼。"

"一定去了。爸爸决不会做那种会坐牢的坏事。之前爸爸捐给学校的大蟹壳和驯鹿角，现在还放在标本室里呢。六年级的学生上课时，老师们轮流拿到教室里去。前年修学旅行的时候……"

"你爸爸说过，下次会给你带一件海獭皮的外衣来的。"

"可是大家见了我，都拿这件事来嘲笑我呢。"

"说你的坏话了？"

"嗯。但是柯贝内拉从来不说，大家嘲笑我的时候，他总是很同情我。"

"那孩子的爸爸和你的爸爸就像你们俩一样，从小就是好朋友了。"

"啊，难怪爸爸还带我去柯贝内拉的家。那时候可好了！我总是放了学就去柯贝内拉家玩。他家有个用酒精灯来发动的小火车，由七段钢轨围成一个环形铁道，还有电线杆和信号灯。只有在火车通过的时候，信号灯才会变成绿色。有一次酒精用光了，我们就用煤油代替，结果罐子一下子就被熏黑了。"

"是吗？"

"现在我每天早上送报纸时都要路过他们家，但是里面总是静悄悄的。"

"因为太早了。"

"有一条叫'扎吾尔'的狗，尾巴像扫帚似的。我一去，它就会鼻子里'呜呜'哼着跟在我后头，一直跟到街角，有时候跟得更远。今晚大家要去河边放土瓜灯，那狗一定会跟来的。"

"对了，今晚是银河节啊。"

"嗯，我取牛奶的时候顺便去看看。"

"去吧，但是千万别下河呀。"

"我就站在岸边看，一个小时就回来。"

"多玩会儿吧，你和柯贝内拉在一起我很放心。"

"嗯，我一定跟他在一起。妈妈，要把窗户关上吗？"

"天凉了，关上吧。"

乔班尼起身关上窗户，把盘子和面包袋子收拾好，兴冲冲地穿上鞋，"那我一个半小时就回来！"说完就走出了昏暗的门口。

4. 半人马座节之夜

乔班尼百无聊赖地撅着嘴唇，看上去好像在吹口哨似的，沿着镇上黑压压的扁柏树下那条坡道走了下去。

坡下那盏很大的街灯正闪着明亮的青白色的光。乔班尼模模糊糊的影子原来一直拖在身后，像是跟着一只细细长长的动物，现在他大步向街灯走去，那影子也渐渐变得越来越浓黑清晰，舞手动脚地转到了乔班尼的身侧。

"我是一辆潇洒的机车。到斜坡了，速度要加快啰！现在要穿过那盏街灯了，瞧啊，这下我的影子成了一只圆规，咕噜一转就跑到前面来了！"

就在乔班尼心里念叨着大步从街灯穿过时，白天遇到的扎内利穿着一件新的立领衬衫，突然从街灯另一侧的昏暗巷子里蹿了出来，与乔班尼擦肩而过。

"扎内利，你去放土瓜灯吗？"

乔班尼话还没说完，就听扎内利从身后扔来一句："乔班尼，你爸要给你带水獭皮的外衣来了！"

乔班尼心里骤然凉了下来，胸腔里好像在尖叫一般。

"你想怎么样，扎内利？"乔班尼大声吼道，但扎内利已经进到对面种着扁柏的房子里去了。

"我明明没有招惹他，他为什么要这样说我？自己跑起来活像个老鼠，还主动来招惹我，扎内利就是个白痴！"

乔班尼满脑子想着扎内利，穿过彩灯和树枝装饰得缤纷美丽的大街。霓虹旖旎的钟表店里，猫头鹰钟表用石子做的红眼珠每秒钟都骨碌碌地转上一圈；各种各样的宝石在海蓝色厚玻璃盘里如繁星般缓缓移动；铜制的人马像正悠然地从对面向眼前旋转过来；绿色的芦笋叶子环绕着正中央一幅黑色的圆形星座简图。

乔班尼出神地看着那张星座图入了迷。

那是一张比白天在学校看到的小得多的图，调整好盘子上的日期和时间，当时天空的星座便会呈现在这个椭圆形的盘子上。正中间烟霭弥蒙的带状银河从上至下伸展开来，它的下方仿佛发生了微弱的爆炸，正升起一股水汽。星座图后的一个带三脚架的小望远镜泛出黄色的光芒。最后面的墙上挂着一张大星座图，天上的星座在这张图里被画成了野兽、蛇、鱼、瓶子等奇怪形状。难道天上真的遍布这种蝎子和勇士吗？啊，真想去见识一下啊。乔班尼呆呆地遐想着，在那里站了很久。

这时，乔班尼突然想起妈妈的牛奶，于是赶紧离开了那家店。虽然窄小的上衣肩部让乔班尼极为不适，但他还是努力挺起胸膛，甩着手臂穿过了街头。

清澈如洗的空气充满了大街小巷，路灯包裹在冷杉和橡树的枝叶之中，电力公司门前的六棵法国梧桐上挂着许多小电灯，整个镇子看起来就像梦幻中的美人鱼国度。

孩子们穿着崭新的衣服，有的嘴里吹着《环游星空之歌》[1]的口哨，有的边跑边大声喊着"半人马座降临甘露"，有的点燃蓝

1　《环游星空之歌》：作者自己作词的一首歌曲，其他作品中也出现过。

色镁光烟花，高兴地玩着。而不知从何时开始，乔班尼的脑袋又沉沉地耷拉下来，他似乎想起了和这热闹气氛不相称的事情，快步朝牛奶店的方向跑去。

不一会儿，乔班尼来到了镇外，这里有大片钻天杨高高耸入星空。他走进牛奶店的黑色大门，牛的气味扑鼻而来。乔班尼站在昏暗的厨房前，摘下帽子道了一句"晚上好"，但屋子里静悄悄的，好像没人在家。

"晚上好，有人吗？"乔班尼站直身子又喊道。

不一会儿，缓缓走出来一个看上去疲弱不堪的年老女人，嘴里嘟囔着："什么事啊？"

"今天没给我们家送牛奶，所以我来取了。"乔班尼使足了劲说道。

"现在都不在家，我也不管这事儿，明天再说吧。"那女人揉了揉红肿的眼睛底下，俯视着乔班尼说道。

"我妈妈生病了，今晚拿不到的话就不好办了。"

"那你过一会儿再来吧。"说话时那女人已经要进屋了。

"是吗？那就谢谢了。"乔班尼行了个礼，离开了厨房。

走到镇上十字路口正要拐弯时，只见通往对面大桥方向的杂货铺门口，有几个黑色身影和模模糊糊的白衬衫时隐时现，接着他看到六七个吹着口哨有说有笑的学生，他们人手一盏土瓜灯，正向这边走过来。那说笑声和口哨声一听就知道，都是乔班尼的同班同学。乔班尼心里一惊，本想要躲开，可马上又改变主意，索性加快脚步迎了上去。

"你们要去河边吗？"乔班尼想要搭话，可喉咙好像被堵上了似的。

"乔班尼，你的水獭皮上衣就要来啦！"刚才那个扎内利又大声叫道。

"乔班尼，你的水獭皮上衣就要来啦！"大家伙儿一下子都跟着叫了起来。乔班尼脸涨得通红，一时间手足无措，他正想赶紧逃离这里，却看到柯贝内拉也在这群人中。柯贝内拉静静地微微一笑，同情地望着乔班尼，仿佛在求他不要生气。

乔班尼飞快地避开那眼神，待柯贝内拉高大的身影走开后，大家又各自吹起了口哨。乔班尼在街角拐弯时回头望了望，只见扎内利也在回头望着自己。柯贝内拉则高声吹着口哨朝若隐若现的大桥方向走去。

乔班尼一言不发，一股无以言表的凄凉涌上心头，他猛然撒腿跑了起来。一群小孩正手捂耳朵哇哇叫着单腿蹦跳，看到乔班尼这有趣的一幕，也跟着哄笑起来。

一转眼，乔班尼已经朝着黑色的小山丘跑去了。

5. 气象轮柱

牧场后面有一片坡度平缓的小山丘，在北方大熊星座的辉映下，只见漆黑平缓的山顶连成一片，显得比平时更低了。

乔班尼沿着沾满露水的林间小路不停向上爬着。漆黑的草地和形态各异的茂密灌木丛中，那条小路就像是星光照出来的一条白线。草丛中有闪着青光的小虫子，把边上的叶子照得透出隐隐绿光。乔班尼觉得它们像极了刚才大家拿着的土瓜灯。

穿过那片漆黑的松树和橡树林，天空突然一片开阔，乔班尼不仅看到那微白、横贯南北的银河，还分辨出了山顶上的气象轮柱。到处弥漫着风铃草和野菊花梦幻般的香气，一只小鸟鸣叫着从山丘上飞过。

乔班尼来到山丘顶上的气象轮柱脚下，浑身是汗的身体一头扎进了冰冷的草地里。

街上灯火通明，景致宛如黑暗中的海底宫殿一般，隐约可以听见孩子们的歌声、口哨声以及断断续续的叫喊声。风儿在远处鸣响，微微吹动着山丘上的小草，乔班尼被汗水打湿的衬衫也被吹得冰凉。他从郊外的小山丘上遥望着远处漆黑广阔的原野。

远处传来火车的声音，列车那红色的小窗户也清晰可见。车厢里的旅客们一定在削着苹果，海阔天空地谈笑风生吧。想到这里，乔班尼感到说不出的哀伤，无奈地仰头望着天空。

啊，那白色的光带应该都是星星吧。

可是不管怎么看，乔班尼也不觉得天空像白天上课时老师说的那样冷冷清清。不仅不觉得冷清，反而越看越觉得天空像一片小树林或是一片翠绿的牧场、原野。乔班尼还看到蓝色天琴星的三四颗星星闪烁不定，时而把脚伸出来，时而又缩回去，最后伸展开来，看起来像一大片蘑菇。就连下方的村镇，在他眼中也朦朦胧胧地像是一片星群，又好像是一团巨大的烟霭。

6. 银河车站

不知何时，乔班尼身后的气象轮柱变成了觇标的形状，如萤火虫般时隐时现，然后又渐渐清晰起来，岿然不动地屹立在苍青色夜空笼罩的原野上。那夜空凝重得犹如刚锻就的钢板一般。

这时候，他听到一个神秘的声音："银河车站，银河车站到了。"

话音未落，眼前突然一片明亮，犹如将亿万只荧光乌贼的光亮一下子变成化石投掷在天空中，又好像钻石商为了能让钻石奇货可居，故意把它们藏了起来，却不料被谁弄翻，散落到了天空中一样。耀眼的亮光晃得乔班尼不禁揉了揉眼睛。

乔班尼清醒过来之后才意识到，自己已身在刚才那列持续前行的小火车上了。这辆夜间行驶的轻便列车上挂着昏黄的小灯泡，而自己正坐在座位上眺望着窗外。车厢里的蓝色天鹅绒座位上几乎没什么人，对面涂着深灰油漆的墙壁上，两个大大的黄铜按钮闪闪发光。

乔班尼注意到前排座位上有个高个男孩，穿着湿漉漉的黑色上衣，正把头探出窗外张望。这孩子的肩膀看上去那么眼熟，乔班尼越发想要弄清楚此人是谁。他正想把头伸出窗外，那孩子突然把头缩了回来，看了乔班尼一眼。

这不是柯贝内拉嘛。

乔班尼刚想问柯贝内拉是不是早就在车上，柯贝内拉却先开口了："大家虽然尽力快跑，可还是晚一步。扎内利跑得最卖力，也没能赶上。"

"是啊，我们大家约好要一起出发的，"想到这里，乔班尼问，"要不要在哪里等一会儿？"

柯贝内拉告诉他："扎内利已经回去了，是他爸爸来接他的。"

不知为什么，柯贝内拉说到这里时脸色有点苍白，好像哪里不太舒服。而乔班尼也好像忘记了什么似的，有点儿别扭，但也没再说什么。

柯贝内拉眺望着窗外，很快恢复了精神，兴头又高了起来："啊，糟糕，我把水壶给忘了，写生簿也忘带了。不过没关系，很快就到天鹅站了。我真的很喜欢天鹅，即使它们在天河很远的地方飞，我也一定看得见。"

柯贝内拉拿出一块圆板状的地图，不停地边转边看。那上面沿着白色天河的左岸，有一条铁路线朝南延伸开来。最厉害的是，那张地图暗夜般的黑盘上，一个个车站、觇标、泉水和森林的位置上都镶嵌着蓝色、橘色、绿色的美丽光点。乔班尼觉得这张地图似曾相识。

"这地图在哪儿买的？是黑曜石做的吧？"乔班尼问道。

"在银河车站要来的，没给你吗？"

"啊，原来刚才经过的就是银河车站。我们现在的位置就是这里吧。"乔班尼指了指天鹅站标志偏北一点的地方问道。

"是的。哇，河岸那片是月光吗？"

只见银河的岸边闪烁着青白色的光芒，布满银色天空的芒草随风摇曳，沙沙作响，掀起层层波浪。

"那不是月光。因为是银河，所以会发光。"乔班尼兴高采烈地说道。他脚下不停地蹬着地板，从窗口伸出头去，大声吹起《环游星空之歌》的口哨，拼命拉长身子，想对银河里的水一窥究竟。起先，无论如何都看不到东西，后来仔细观察才发现，那清澈的水比玻璃和氢气还要清透。不知是不是错觉，只见无声无息奔流不止的银河中忽而泛起紫色的鳞波，忽而闪烁出宛如彩虹似的光芒。原野上到处竖着磷光闪闪的觇标。远处的看上去很小，近处的看起来很大。远处的闪着清晰的橘色光或黄色光，近处的却略微显得青白朦胧。有三角形的，四边形的，也有呈闪电形或锁链形的，各式各样、形态各异，把原野照得一片明亮。乔班尼心脏扑通扑通直跳，用力甩了甩脑袋。原野上那些蓝色、橘色的缤纷闪烁的觇标纷纷摇曳弄影，好像在做深呼吸一般。

"已经来到天野了，"乔班尼说道，"而且这火车都没烧煤呢。"说着，他从窗户里伸出左手，指了指前方。

"用的是酒精或电力吧。"柯贝内拉说道。

咣当咣当……这列精致的小火车披着银河水和觇标发出的青色微光，穿过随风摇曳的芒草不停向前奔驰。

"啊，龙胆花开了。秋天来了。"柯贝内拉指着窗外说道。

铁道边矮草丛中盛开着紫色的龙胆花，宛如用月长石雕刻出来一般，煞是好看。

"你瞧着，我跳下去摘一朵，然后再跳回来。"乔班尼一股子雀跃的劲头。

"来不及啦，都过去那么远了。"柯贝内拉话音未落，又一片龙胆花闪着紫光掠了过去。

随后一簇簇黄蕊的龙胆花如雨如潮般接二连三地从眼前掠过，如烟如炽的觇标行列闪烁出越来越亮的光彩。

7. 北十字星与新生代海岸

"妈妈……会原谅我的吧？"柯贝内拉突然忧心忡忡地说道，着急得话都有点儿结结巴巴的了。

乔班尼也默默想道："对啊，我的妈妈也在遥远的地方牵挂着我吧。那地方的橘色觇标从这里看上去只有一粒灰尘那么大。"

"只要妈妈真的能幸福，让我做什么都愿意。可是到底什么才是妈妈最大的幸福呢？"柯贝内拉好像正在拼命忍着不哭出来。

"你妈妈没有遭遇任何不幸啊。"乔班尼惊讶地叫道。

"我也不知道。可是，一个人真的做了好事才是最幸福的。所以我想妈妈会原谅我的。"柯贝内拉看起来像是下了什么决心似的。

突然，车厢里变得一片雪白。仔细一看，华丽的银河河床灿烂夺目，仿佛汇聚了钻石、雨露以及世上所有璀璨美好的物品。银河水无声无息地流淌着，水流正中隐约可见一座散发青白色背光的小岛。平缓的岛顶上竖着一个醒目的白色十字架，好像是用北极冰冻的云朵铸造的一般，顶上闪烁着圣洁的金色光环，安静地伫立在那里。

"哈利路亚！哈利路亚！"前前后后响起一片祷告声。回头望去，车厢里的旅客们全都整装肃立，或胸前抱着圣经，或手上戴着念珠，无人不在十指相扣着虔诚地祈祷。他们两人也不约而同地站了起来，柯贝内拉丰润的脸颊红扑扑地闪着光，犹如熟透的苹果一般。

小岛与十字架渐行渐远。对岸笼罩在青白色的光霭中，时而如同随风翻飞的芒草般泛起一波银浪，就像被人吹了一口气似的；时而又有许多龙胆花在草丛中忽隐忽现，令人联想起温柔的磷火。

有一小会儿工夫，一排芒草挡在了银河与火车之间。后方的天鹅岛虽然又露出来两次，但越来越远、越来越小，变得如同画上的一点，沙沙作响的芒草也终于看不见了。乔班尼身后不知何时坐上了一个戴着黑色头巾的高个儿天主教修女，她静静地低垂着一对碧色的眼眸，像是在虔诚地等待着远方传来的声音一般。旅客们都安静地回到了座位上。柯贝内拉和乔班尼心中涌起一股从未体验过的近似悲哀的感觉，但他们却仿佛若无其事似的，谈起了其他话题。

"就要到天鹅站了。"

"嗯，十一点整到。"

很快，绿色信号灯与模糊不清的白柱子一晃而过，道岔前如硫黄火焰般昏黄的灯光也从车窗下向后退去，火车渐渐慢了下来。不久就看见月台上那排整齐有序的电灯慢慢变大，列车停下的时候，两个小伙伴正好面对着天鹅站的大时钟。

凉爽的秋日，时钟上两根青色的钢铁指针正好指向十一点。人们一股脑儿都下了车，车厢里瞬间变得空荡荡的。

时钟下面写着：停车二十分钟。

"我们也下车看看吧。"乔班尼说。

"去看看。"

两人跳起来走出车门，向检票口跑去。然而检票口除了一盏明亮的紫色电灯外空无一人。四下望了望，也不见站长和搬运工的人影。

两人来到站前的一个被水晶雕刻而成的银杏树环绕的广场上，宽阔的街道一直通向银河的青光之中。

刚才下车的人们不知道去了哪儿，周围空无一人。两人沿着白色的街道肩并肩走着，投下的影子就像是四面开窗的屋子里两根柱子的倒影，伸出的手脚又像是车轮的辐条。很快，两人就到了刚才从火车上看到的美丽的河滩上。

柯贝内拉捻起一撮美丽的河沙摊在掌心上，一边用手指轻轻摩擦，一边仿佛在做梦似的说道："这些沙子都是水晶啊，里边还有小火苗在燃烧呢。"

"是啊。"乔班尼含混地应答着，心想这些知识自己以前好像在哪里学到过。

河岸上的小碎石全都通透清澈，有的是水晶和黄玉，有的是上面带着细褶皱或棱角放出朦胧青白光的刚玉。乔班尼把手浸入水中，奇怪的是银河水比氢气更加清透，然而那水确实在流淌。因为两人浸在水中的手腕处看起来就像浮着一层薄薄的水银色，触到手腕的水波泛起美丽的粼光，一闪一闪仿佛在燃烧。

朝上游望去，在芒草丛生的山崖下，沿着河边伸出一块像运动场般平坦的白色岩石。五六个小小的人影不知在那儿挖什么或

19

埋什么，他们一会儿站起，一会儿弯腰，手上的工具不时反射出一道道耀眼的光亮。

"去看看！"两人几乎异口同声地说道，随即朝那边跑去。白色岩石的入口处立着一块光滑的瓷标牌，上面写着"新生代海岸"。对面河岸上插着细铁栏杆，还搁着精致的木制长椅。

"看，有奇怪的东西。"柯贝内拉诧异地停了下来，从岩石上捡起一个黑色细长的核桃般的东西。

"是核桃。瞧，有好多！不是河水冲下来的，是长在岩石缝里的。"

"真大呀！这比普通的核桃要大一倍呢。你看这个外面还是好好的。"

"快去那边看看，他们一定在挖什么好东西。"

两人拿着凹凸不平的黑核桃向那边跑去。波浪犹如温柔的闪电般燃烧着，轻拂着河左侧的岸边；河右侧的悬崖上，满地的芒草穗随风摇曳着，仿佛是用银子和贝壳制成的一般。

走近一看，一个学者模样的高个儿男人戴着深度眼镜，穿着长筒靴，一边忙着在笔记本上记录，一边聚精会神地指挥着三个手持丁字镐和探测器的助手。

"不要碰坏了那个突起的地方。先用探测器弄清楚，探测器！哎呀，再离远点儿挖。不行不行，怎么活儿干得这么粗糙！"

仔细一看，松软的白色岩石中横卧着一具压扁了的巨大野兽尸骨，已经挖出了一大半。再仔细看，旁边放着十来块四四方方截取下来的岩石，已经编了号，每块上面都留有两只蹄印。

"你们是来参观的吧？"只见学者模样的人眼镜光一闪，冲着这两个小伙伴说道，"看到了很多核桃吧，那都是差不多一百二十万年前的核桃呢，还算是很新的呢。一百二十万年前第三纪的后期，这里曾是一片海岸，所以这下面还能挖到贝壳。现在河水流过的地方就是以前海水潮起潮落的地方。这野兽叫作'波斯'……喂喂，那里不能用丁字镐去刨，得用凿子轻轻地凿……这个'波斯'其实就是牛的祖先，以前这里有很多。"

　　"这是要用来做标本的吗？"

　　"不，用来考证的。在我们看来，这可是一片了不得的宝地。虽然已经有许多证据能证明这块地层是一百二十万年前形成的，但是和我们意见相左的一些人还在怀疑这块地层的价值，有的甚至认为这里只有风、只有水、只有广阔的天空。明白吗？但是……喂喂，那里也不能用探测器了，表层下埋的应该就是肋骨啦！"说着，学者慌忙走了过去。

　　"时间到了，我们走吧。"柯贝内拉边说边比对着地图和手表。

　　"啊，那我们就告辞了。"乔班尼客气地向学者行了个礼。

　　"要走了？好，再见吧！"学者很快又来回忙碌地监督起工作来了。

　　两人在白色岩石上飞快地奔跑，生怕误了火车。他们的速度真的像风一般飞快，而且跑得气不喘腿不酸。

　　乔班尼想：如果能一直这样奔跑，就算是全世界也跑得下来。

　　穿过那片河滩，眼前检票口的电灯越来越大，没过多久，两人已经坐到车厢里的位子上，透过窗户眺望着刚才走过的地方了。

8. 捕鸟人

"请问我可以坐在这里吗？"

两人身后传来一个沙哑但亲切的大人声音。

那是个红胡子的驼背男人，穿着有些破旧的茶色外套，肩上扛着两个白布包裹。

"当然可以，请坐。"乔班尼耸了耸肩，答道。那人胡须下的嘴唇露出一丝微笑，轻轻地把行李放上了行李架。乔班尼突然感到一股莫名的悲凉，默默地看着对面的大时钟。车头方向传来玻璃笛子般的响声，火车又静静地开动了。柯贝内拉前后扫视着车顶，看到一盏灯上停着一只黑色的独角仙，车顶上映出了它大大的影子。那个红胡子露出一脸怀念往事似的微笑，看着柯贝内拉和乔班尼。火车不断提速，芒草和银河交替着从窗外一闪而过。

红胡子有点儿怯生生地问道："你们要去哪儿？"

"走遍天涯海角。"乔班尼有点儿害羞地说。

"那好啊，这火车真的能带着你们走遍天涯海角哟！"

"你去哪儿呢？"柯贝内拉突然闹别扭似的回问了一句，乔班尼禁不住笑出了声。这一来，对面座位上戴着尖帽子、腰上挂着大钥匙的男人朝这边瞥了一眼笑了起来。柯贝内拉自己也不由得一脸通红地笑了。然而那红胡子并没有生气，只是脸部微微抽动着回应道："我马上就要下车了。我是靠捕鸟为生的。"

"捕什么鸟？"

"鹤啦，大雁什么的，也捕白鹭和天鹅。"

"鹤多吗？"

"当然啦，刚才就一直在叫着呢，你们没听见吗？"

"没有。"

"现在不是也听得到吗？你们竖起耳朵仔细听听看。"

两个小伙伴睁大眼睛，竖起双耳听了起来。咣当咣当的火车声和风吹芒草的刷刷声中，传来如泉水汩汩涌出般的声音。

"你是怎么捕鹤的？"

"捕鹤？还是捕白鹭？"

乔班尼觉得说哪个都挺有趣，便回答道："那就先说白鹭吧。"

"捕那家伙一点儿也不费事。白鹭就是银河的沙子凝结而成的，最终总是会回到河边去。所以只需在河岸上等着白鹭飞过来，在它的脚就要着地的瞬间猛地按住它，白鹭就会僵成一团，毫无悬念地死去。之后的事用不着说了，就是把它压扁。"

"把白鹭压扁？是制作标本吗？"

"不是做标本，是用来做食材的。"

"这就怪啦。"柯贝内拉歪着脑袋说。

"没什么好奇怪的，你看，"男人站起身，把行李架上的包裹取下来，利索地解开袋子，"来，看看，这是我刚捕来的。"

"真的是白鹭！"两人忍不住惊呼道。只见十几只白鹭如刚才的北十字架一般雪白光亮，蜷缩着黑色的腿，压扁的身体像浮雕似的一字排开。

"都闭着眼睛呢。"柯贝内拉用手指轻轻戳了戳白鹭那紧闭的细长眼睛，白鹭头上的白色冠毛依然完好无损。

"我说的没错吧。"捕鸟人又重新把白鹭包好系好。乔班尼心想，到底什么人会吃这白鹭呢？于是便问道："白鹭好吃吗？"

"当然了，每天都能收到订单。不过大雁卖得更好。大雁肉质好，更重要的是它吃起来很简单。你们看。"捕鸟人又解开另一个包袱，间杂着黄色、青色羽毛的大雁跟刚才的白鹭一样泛着光泽，并着鸟喙扁扁地排在一起。

"大雁马上就可以吃，怎么样？尝尝看？"捕鸟人抓住一只黄色的雁腿轻轻一拽，雁腿就像巧克力做的似的，一下子就掰了下来。

"怎么样？吃一点儿吧。"捕鸟人把雁腿一分为二，递给了两个小伙伴。乔班尼尝了一口，心想，什么呀，这分明是点心嘛，比巧克力还要香甜。这样的大雁怎么飞得起来？这个人肯定是在原野上的哪个地方开点心店的。可我心里小瞧人家，嘴里却吃人家的东西，真是太对不起人家了。

乔班尼心里虽然这样想着，嘴上倒是吃得乐滋滋的。

"再来一点儿吧？"捕鸟人又打开了包袱。

乔班尼虽然意犹未尽，可还是谢绝了。捕鸟人于是又把雁肉递给对面挂着大钥匙的人。

那人摘下帽子道："这是您要拿去卖的，白拿真是太不好意思了。"

"别客气，您觉得今年候鸟的情况怎么样？"

"嗨，好得不得了啊。前天夜里站第二班岗的时候，到处都来质问为什么在规定时间内把灯塔给关掉了。电话多得都打不进来了。你猜怎么着？其实根本与我们无关，那是候鸟成群结队地从灯塔前飞过，搞得灯塔从外面看上去一片漆黑。那些混蛋，把问题都抛给我，我也解决不了呀。于是我让他们去找一个披着干巴巴的斗篷、嘴和脚都很细的家伙想办法了。哈哈！"

芒草消失了，对面原野上射来一道强光。

"为什么烹饪白鹭很麻烦呢？"柯贝内拉刚才就想要问这个问题。

"那是因为要吃白鹭的话，"捕鸟人转过身来，"必须先把白鹭放在银河光亮的地方晾上十来天，或是在沙子里埋上个三四天，等水银蒸发了才能吃。"

"这不是鸟，就是一般的点心。"柯贝内拉脱口而出，果然他的想法也跟乔班尼一样。

捕鸟人不知怎么好像突然惊慌起来："对了，我得在这里下车了。"说着便起身拿起行李，一晃便不见了踪影。

"那人去哪儿了？"柯贝内拉和乔班尼面面相觑，看守灯塔的人则伸了伸脖子，笑着望向两人身旁的窗外。两个小伙伴也顺着他的视线望去，只见刚才那个捕鸟人站在泛着黄色和青白色美丽磷光的鼠麴草地上，神情严肃地张开双臂凝望着天空。

"他在那儿。样子好奇怪呀。一定是又要开始捕鸟了吧。鸟儿再不来，火车就要开走了。"正说着，一大片刚才见过的那种白鹭鸣叫着从青紫色的空中如飞雪般落了下来。说时迟那时快，喜形于色的捕鸟人对飞到身边的白鹭照单全收，两腿分开六十度，双手从两边按住一只只白鹭蜷起的黑色双腿，然后装进自己的布袋中。白鹭就像萤火虫一般，在布袋里忽然闪现出一点点青光，但很快就黯淡下去，最后都变成灰白色，闭上了眼睛。而更多没被捉到的鸟儿，平安地落在银河岸边的细沙上。鸟的脚刚落地，整个身体就像融化的雪一样缩成扁扁的一团，很快又变得如同熔炉里流出来的铜水一般，在沙地上慢慢扩散开来。沙地上鸟的形状也只短暂地闪烁了两三下，便渐渐黯淡下去，最终与周围完全融为一体。

捕鸟人往袋子里装了二十来只白鹭，突然高举双手，那姿势就像一个被枪弹击中的士兵行将倒下死去似的，随即就消失得无影无踪了。

这时，乔班尼身边响起了个熟悉的声音："啊，真痛快。轻轻松松挣到钱真是再好不过的事了！"定睛一看，正是捕鸟人在那里把刚捕到的白鹭一只只地摞在一起。

"你是怎么一下子就从那边回到这里来的？"乔班尼既觉得他的出现合情合理，又觉得不可思议。

"怎么来的？想来就来了呗。你们到底是从哪儿来的？"

乔班尼本想立刻回答他，却也愣住了，自己到底是从哪儿来的？他怎么也想不起来。柯贝内拉也红着脸，好像在回忆着什么。

"噢，从远方来的。"捕鸟人好像明白了似的，随意点了点头。

9. 乔班尼的车票

"这里就是天鹅区的尽头了。你们看，那就是有名的阿尔卑列观测站。"

窗外，绚烂烟花般的银河正中耸立着四栋巨大的黑房子，其中一座的平顶上有两颗用蓝宝石和黄玉制成的炫目通透的大球静静地沿着圆轨转动着。黄球渐渐向对面转去，较小的那颗则在转到前面来。很快，两颗球的边缘重叠到了一起，形成了美丽的绿色双面凸透镜。又过了一会儿，中间部分渐渐膨胀起来，终于蓝宝石整个儿转到了黄玉的正前方，形成了一个绿色中心的黄色光圈。接着，两颗球渐渐错开，再度形成了先前的凸透镜，最后终于完全分开，蓝宝石转向后方，黄玉行至前方，刚好变成了一开始的样子。无声无形的银河水环绕着，那黑色的观测站静静地卧在那里，如同睡着了一般。

"那是测量水速的仪器，而水也是……"捕鸟人正说着，一个戴红帽子的高个乘务员不知何时已站在了他们三人座位的旁边。

"请让我看一下您的车票。"捕鸟人一听，平静地从衣兜里掏出车票。乘务员看了看，随即扫了一眼两个小伙伴，手指伸了过来，像是在问：你们的呢？

"啊？"乔班尼慌得不知如何是好，柯贝内拉却大大方方地掏出一张小小的灰色车票。乔班尼更慌了，想着是不是放在上衣兜里了，赶紧伸手去摸，摸到一张折叠着的大纸。兜里还有这玩意儿啊？他急忙掏出来细看，是一张折成四分之一明信片大小的绿纸。见乘务员的手还没有收回去，乔班尼不管三七二十一就递了上去。乘务员笔直地站在那里，恭敬地打开那纸片，边看边整理好自己上衣的扣子。灯塔看守也从下面好奇地窥视着纸片。乔班尼猜想那肯定是张证明书之类的东西，心里有点儿激动。

"这是从三次元空间带来的吧？"乘务员问道。

"我也不知道。"乔班尼觉得大概没事了，便抬起头看着乘务员咻咻笑了起来。

"可以了。下一个第三时，我们将抵达南十字星车站。"乘务员把纸片还给乔班尼，朝对面走去。

柯贝内拉一直等着想看看那张纸上到底写着什么，此时迫不及待地探过头来，乔班尼自己也想看个究竟。那张纸上满是黑色的苜蓿花纹，中间印着十来个奇怪的字。静静地看着它，人会感到好像要被吸进去一般。捕鸟人从旁看了看，突然慌张地说道："哎呀，这可是不得了的东西，是真的能通往天国的车票呀。不只是天国，连天涯海角都可以去。您可真不是普通人。"

"我也不知道这是什么。"乔班尼被说得脸通红，把那张纸叠好，重新放回衣兜里。他不好意思地和柯贝内拉重新将目光投向窗外，隐隐约约感觉到捕鸟人在频频向这边看，好像还在惊叹他不是个普通人。

"快到天鹰车站了。"柯贝内拉望着对岸三个并排的青白色觇标，拿着地图边比对边说道。

乔班尼不知为什么突然有点儿同情起身边的捕鸟人来。想到他捕到白鹭时的喜悦之情，想到他用白布严严实实包裹白鹭的样子，想到他看到自己车票后那种惊讶奉承的神情……乔班尼一一想来，觉得为了这个素不相识的捕鸟人，自己甚至情愿把所有吃的用的都送给他。只要这个人能得到真正的幸福，自己就算站在那光亮的银河边为他捕一百年鸟也心甘情愿。想到这里，他特别想问问捕鸟人：你最想要的到底是什么？可又觉得那样太唐突了，思前想后再一回头时，捕鸟人已不见了踪影，行李架上的白布包裹也不见了。他会不会又到外面叉腿站着仰望天空捕捉白鹭去了？乔班尼赶紧看向窗外，可外面只有无际的美丽细沙和层层的芒草白浪，捕鸟人宽厚的肩膀和尖尖的帽子早已消失得无影无踪。

"那人去哪儿了？"柯贝内拉心不在焉地问道。

"去哪儿了呢？到哪儿还能再见到他？我都没来得及跟他说上几句话。"

"是啊，我也是这么想的。"

"一开始觉得他挺烦的，所以现在心里特别不好受。"乔班尼还真是第一次产生这种奇怪的心情，以前也从没说过这样的话。

"我好像闻到了苹果的味道，会不会因为我刚刚正想着苹果呢？"柯贝内拉奇怪地四周望了望。

"真的是苹果的味道，还有野蔷薇的味道。"乔班尼也环顾了一圈，最后确定那味道是从窗外飘进来的。可转念一想，现在是秋季，不应该有野蔷薇啊。

这时，乔班尼忽然发现边上站着一个头发乌黑的六岁左右的男孩，他身上的红色夹克没扣扣子，满脸惊恐地光着脚站在那里瑟瑟发抖。旁边一个身着笔挺黑西装的高个儿青年正紧紧拉着男孩的手，他看上去就像是棵迎风挺立的榉树。

"哎，这是哪儿？真漂亮呀。"青年的身后站着一个十二三岁、茶色眼眸的可爱少女。她穿着黑色的外套，挽着青年的胳膊，正一脸惊奇地看着窗外。

"啊，这里是兰开夏。不，是康涅狄格州。也不对，啊啊，我们来到天上了。我们要到天国去，看，那就是天国的标志。我们已经无所畏惧了，是上帝召唤了我们！"黑衣青年兴奋地对那女孩说道。但不知为什么，他的眉头依然紧锁，看起来非常疲倦。青年强打起笑容，让小男孩坐在了乔班尼身边。

他温柔地指了指柯贝内拉的身边，示意女孩坐下。女孩老老实实地坐下来，规规矩矩地合起了双手。

"我要去姐姐那里。"男孩刚坐下就脸色一变，朝刚坐到灯塔看守对面的青年喊道。青年什么也没说，只是满脸悲伤地死死盯着男孩那湿漉漉的卷发。女孩突然把脸埋进掌心里，嘤嘤地哭了起来。

"爸爸和菊代姐姐还有工作要做，很快就会赶上我们的。而且妈妈已经等了很长时间了，她一定在想，我的宝贝啊正在唱着什么歌呢？飘雪的清晨，阿正在和小朋友手拉着手绕着院子里的草丛玩吧？妈妈真的很挂念你，咱们快点儿到妈妈身边去吧。"

"嗯，可我要是不坐船就好了。"

"是啊，但是你看，天空多美，多漂亮的河流。那年夏天，我们悠闲地唱着'一闪一闪亮晶晶'的时候，看到的那片朦胧的白色就是这里呀！看，多美啊，真的在闪闪发光。"

刚才在哭的姐姐也用手帕擦了擦眼睛，瞧着外边。青年用安慰的语气轻声对姐弟俩说道："已经没有任何事情值得我们去悲伤了。来到这么好的地方，马上就能到上帝那里去了。那里芬芳明亮，还有很多很多优秀的人。而那些代替我们乘上小艇的人也一定会得救，会回到自己家里，回到焦急等待着他们的父亲母亲身边去的。好了，马上就要到了，打起精神来，愉快地唱着歌前进吧。"青年抚了抚男孩湿漉漉的黑发，安慰着这对姐弟，自己的脸色也逐渐晴朗起来。

"你们是从哪儿来的？发生了什么事？"那位灯塔看守略有所悟似的问道，青年微微一笑。

"我们乘坐的船撞到冰山沉没了，他们俩的父亲有急事，两个月前先回国了，我们是后出发的。我进了大学后，做他们的家庭教师刚好十二天，恐怕不是昨天就是今天，船撞到冰山后突然开始倾斜下沉。当时虽然有朦胧的月光，但浓雾弥漫，船左舷的那一半救生艇已经浸没到水中，大家不可能都坐到剩下的救生艇上去。船一直在下沉，我只能拼命喊着让孩子们先上船。旁边的人都迅速让开一条道，并且为孩子们祈祷。可是我们与救生艇之间还有许多孩子和他们的父母，我实在没有推开他们的勇气。但想到拯救这两个孩子是我的义务，我又想要推开前面的孩子。然而我又想到，与其这样拯救他们，不如带他们一起到上帝面前，那才是给了他们真正的幸福呢。后来我转念一想，还是觉得无论如何这两个孩子都得救出来，违背上帝意愿的罪孽就让我一个人来承担吧。可我想尽一切办法也无法把孩子送上小艇，因为船边满是要将孩子送上救生艇的母亲，她们发疯似的在做最后的吻别。父亲们悲伤地站在那里，让人看得肝肠寸断。船沉得越来越快，我彻底做好了死亡的准备，紧紧抱着这两个孩子，平静地等待着船完全沉没，只打算能漂多远是多远。就在这时，不知道是谁扔过来一个救生圈，可是滑了一下又漂走了。最后我拼命拽下来一块甲板的木框，我们三人就紧紧抱住了它。这时，不知哪儿传来第306首赞美诗的歌声，转眼间大家都用自己的母语跟着唱了起来。紧接着只听到一声巨响，我们全部落水了。我感到自己已被旋涡吞噬，于是紧紧搂住这两个孩子，脑海中一片恍惚，随后就来到了这里。他们俩的母亲前年去世了。唉，救生艇上的人肯定已经得救了，因为有那么多熟练的船夫在摇橹，他们很快就离开大船了呀。"

周围响起轻轻的祈祷声，乔班尼和柯贝内拉也隐约想起了一些遗忘了的事，眼眶温热。

乔班尼耷拉着脑袋，郁闷地想：啊，那片大海不正是太平洋吗？那冰山漂流的北极的洋面上，有人乘着小船在与狂风、冰冷的潮水和严寒搏斗。我对那拼命搏斗的人既同情又抱歉，为了那个人的幸福我到底该做些什么呢？

灯塔看守安慰道："我不知道什么是幸福。我觉得，其实不管多么艰难困苦，但只要沿着正确的道路前进，尽管是翻山越岭，也在一步步地接近真正的幸福。"

"没错。要想得到最大的幸福，就得历经重重磨难。这是上帝的旨意。"青年也如同祈祷似的说道。

那姐弟俩疲累过度，靠着椅子睡着了。男孩刚才还裸着的双脚不知何时已穿上了一双洁白柔软的鞋子。

列车咣当咣当行驶在粼光耀眼的河岸上。从另一边的车窗望出去，依稀可见原野宛如一幅幅幻灯。成百上千大大小小的觇标形态各异，大的上面还带有点着红点的测量旗，原野尽头密集的觇标朦胧得如同青白色的雾霭。那里或更远的地方不时腾起各种形状的迷离烽火，变幻无穷地飘入青紫色的天空。那清澈的风中带着阵阵玫瑰的幽香。

"你觉得怎么样？第一次见到这种苹果吧？"对面座位上的灯塔看守不知何时掏出几个又大又漂亮的金色透红的苹果，生怕掉了似的，双手捧着放在膝上。

"哇，从哪儿弄到的？太漂亮了。这里出产这么好的苹果吗？"青年吃惊地歪着脖子，眯起眼睛出神地盯着灯塔看守手中捧着的苹果。

"拿一个吧。别客气，拿一个吧。"

青年拿了一个苹果，朝乔班尼他们看了一眼。

"喂，对面的小家伙。怎么样，来一个吧。"

乔班尼被唤作小家伙有些生气，没有吱声，柯贝内拉说了声"谢谢"。于是青年自己拿起两个苹果分给他们一人一个，乔班尼又站起身来道了谢。

灯塔看守两只手终于腾了出来，他又拿了两个苹果，轻轻地放在睡着了的姐弟俩膝盖上。

"真是非常感谢。到底是哪儿产的？这么好的苹果。"青年仔细地打量着苹果，问道。

"这一带当然也有人从事农业生产，但多半不用怎么费劲儿就能得到好收成。撒下自己喜欢的种子，作物就能自己长得很好。米也不同于太平洋地区，成熟的时候没有稻壳，米粒也要大十倍，而且味道更香。可你们要去的地方根本就没有农业了。苹果也好点心也罢，吃完后都会变成香味从毛孔里散发出去，而且每个人散发的香味都不一样。不会剩下一点儿没用的渣子。"

忽然，男孩睁开眼说道："啊，我刚才梦到妈妈了。妈妈那间屋子里有气派的橱柜和书。她笑着向我伸出手来，我刚喊了一句'妈妈，我给您拾一个苹果吧'，就醒了。我们还是在刚才那列火车里吧。"

"那个苹果在这儿，是这位叔叔给你的。"青年说。

"谢谢叔叔！呀，小薰姐姐还在睡呢，我来叫醒她。姐姐快看，我拿到苹果了，快起来看看呀。"

姐姐笑着睁开眼睛，两手挡住刺眼的光，看着苹果。男孩像吃"苹果派"似的大口啃了起来，削下来的漂亮苹果皮转着圈儿，看上去就像瓶塞起子上的螺纹似的，还没垂到地板上，就化为一团灰光蒸发掉了。

乔班尼和柯贝内拉小心翼翼地把苹果装进了口袋。

河下游对岸有一片葱郁茂密的树林，枝头上挂满了熟透的果实，个个红润饱满。树林正中竖着一座很高很高的规标，钢板琴和木琴协奏的乐曲从林中传来，那乐声美妙得无以形容，宛如浸润融化在微风中一般。

青年的身体不禁颤抖起来。

屏息聆听，那旋律就像一片碧绿的原野或地毯在无限伸展，又像洁白如蜡的露水从太阳表面一掠而过。

"看，乌鸦。"柯贝内拉身边那个叫小薰的女孩叫道。

"不是乌鸦，都是喜鹊。"柯贝内拉随口纠正道，惹得乔班尼忍不住笑了出来，女孩有点儿不好意思了。河滩青白色的光亮之上聚集着许许多多黑鸟，一动不动地享受着银河的微光。

"是喜鹊。脑袋后面的毛都翘着呢。"青年对柯贝内拉的话表示赞同。

刚才对面树林中的觇标来到了火车正面。这时，从火车后面又传来了第306首赞美诗那熟悉的旋律，像许多人在合唱一般。青年脸色刹那间变得苍白，起身想朝歌声的方向走去，可一转念又坐了回来。小薰用手帕捂住了脸。连乔班尼的鼻子也有点儿酸酸的了。不知不觉间，有人带头唱起那首歌来，歌声越来越响，乔班尼和柯贝内拉也情不自禁地加入了合唱。

绿色的橄榄林朝看不见的银河对岸如泣如诉地闪烁着，渐渐消失在后方。林中传来的神奇乐声也在火车声和风声中渐行渐远，越来越微弱模糊。

"有孔雀！"

"有好多呢。"女孩应道。

眼看着那片树林越来越小，小得只有绿色贝壳纽扣那么大了，乔班尼望见树林上方不时闪烁着的青白光，那像是孔雀开屏收屏时反射出的光亮。

"对了，我刚才听到孔雀的叫声了。"柯贝内拉对小薰说道。

"是啊，肯定有三十多只。孔雀的叫声听起来就像是竖琴的声音。"女孩回答道。乔班尼内心突然涌起一股无以名状的悲伤，脸色难看极了，他不假思索地说道："柯贝内拉，我们从这里跳下去玩一会儿吧。"

银河从这里一分为二。那漆黑的岛屿的正中竖着一座高高的瞭望塔，一个身着宽大服装头戴红帽的男子站在上面，两只手拿着红旗和绿旗，正朝着天空发信号。乔班尼看他先频频挥舞红旗，忽然收下红旗藏到身后，又高高举起绿旗，双手激烈挥舞就像是管弦乐团的指挥一般。这时空中突然响起如下大雨一般的声音，成片乌黑的东西如子弹般朝银河对岸飞了过去。乔班尼不由得将半个身子探出窗外看着对岸，原来是几万只小鸟急促地鸣叫着，正成群结队地从美丽空旷的青紫色天空下掠过。

"小鸟飞过去了！"乔班尼在车窗外叫道。

"哪里？"柯贝内拉也抬头望着天空。就在这时，瞭望塔上穿宽松衣服的男子突然举起红旗疯狂挥舞起来，鸟儿顿时停止了飞行。几乎在同时，下游传来一声崩塌的巨大轰响，随之恢复了沉静。只见那个红帽子信号员立刻又挥舞着绿旗叫道："快飞呀！鸟儿们。趁现在快飞呀！鸟儿们。"随着这清晰的号令，又有几万只小鸟径直飞过了天空。女孩也把脸从两人中间的那扇车窗伸了出去，美丽耀眼的小脸蛋兴奋地仰望着天空。

"哇，鸟儿真多啊！天空真是太美了！"女孩是在向乔班尼搭话，可乔班尼却嫌她自说自话惹人讨厌，所以也不应答，只是径自默默地望着天空。女孩轻轻叹息了一声，一言不发地回到了自己的座位上。柯贝内拉有点儿尴尬地把头缩回来，开始查地图。

"那人是在给鸟儿指路吗？"女孩轻声问柯贝内拉。

"是在给候鸟们信号。一定是什么地方出现了紧急情况吧。"柯贝内拉有点儿拿不准地答道。随后车厢里又沉寂下来。乔班尼也想把头缩回来，可他觉得回到明亮的地方有点儿难堪，于是只好仍然那样站着，吹起了口哨。

"为什么我总是这么伤感？我必须让自己的心胸更晴朗、更宽广。河对岸远方那烟尘般依稀可见的蓝色火苗又宁静又清冷，我要好好地看着，让自己的心情平静下来。"想到这里，乔班尼双手按住热辣辣的头部看着远方，"啊，真的没有人能和我一起浪迹天涯海角吗？连柯贝内拉都能和那女孩聊得那么开心，我真的太难受了"。乔班尼的眼里又噙满了泪水，银河也好像渐行渐远，周围仿佛变得只剩下苍茫一片。

这时，火车渐渐离开河边，开始在山崖上奔驰。漆黑的山崖沿着河岸向下游逐渐倾斜，对岸也随之看上去越来越高。眼前忽然出现了一棵高大的玉米秆，蜷缩着的玉米叶子下面，绿色的玉米棒子吐出红色的毛须，珍珠般的玉米粒已隐约可见。玉米越来越多，渐渐在山崖与铁路之间排成了一行一行。乔班尼情不自禁地把头从窗外收回来，又向对面车窗望去。满眼高大的玉米秆遍布美丽的天野，直至地平线的尽头。蜷缩着的美丽玉米叶随风摇动，它们像白天吸足了阳光的钻石一般，此时正透过露珠放出红色、绿色的灿烂光芒来。"那是玉米。"柯贝内拉对乔班尼说，但乔班尼怎么也没法振作起来，只是呆呆看着原野答道："大概是吧。"

这时，火车速度渐渐放慢，过了几盏信号灯和转辙器的指示灯后，在一个小站停了下来。

正面的大时钟正好指着两点。风止车停，寂静的原野上，只有嘀嗒嘀嗒的钟摆在准确记录着时间的痕迹。

在钟摆声的间隙里，隐约听到遥远的天野尽头传来如缕如丝般的微弱旋律。"是《新世界交响曲》。"女孩自言自语似的望着这边轻声说道。此时车厢里所有的人，包括那个黑衣服的高个儿青年，好像都已进入甜美的梦乡了。

"如此宁静美好的地方，我为什么不能更愉快一点呢？为什么要这样一个人孤孤单单的呢？可是柯贝内拉未免太过分了，和我一起来乘车，却光是和那个女孩子聊天，真让人难受啊。"乔班尼又用双手捂住半个脸，静静地凝视着对面窗外。清脆的玻璃汽笛响了一声，火车慢慢启动，柯贝内拉无聊地吹起了《环游星空之歌》的口哨。

"嘿，这里已经是很高的高原了，"后边有个老人像是刚睡醒，他爽朗地说道，"玉米要是不用棍子捅一个二尺多深的洞再播种下去，是没法长出来的。"

"是吗？这里离银河还有些距离吧？"

"是啊，还有两千尺到六千尺呢。就像险峻的峡谷一样。"

没错，这里不就是科罗拉多州的高原吗？乔班尼不由得心想。柯贝内拉依然在无聊地吹着口哨，女孩的脸色就像用丝绸包着的那个苹果一样漂亮，她也和乔班尼看着同一个方向。突然，玉米地消失了，漆黑巨大的原野无限伸展开来。《新世界交响曲》从地平线上清晰地响起，只见漆黑的原野上，一个印第安人正一溜烟地追着火车跑来。他头上插着白羽毛，胸前和手腕上缀满石块，小弓上还搭着箭。

"看啊，是印第安人，印第安人。快看！"黑衣服青年已经睁开了眼睛，乔班尼和柯贝内拉也站了起来。

"追上来了，看，追上来了。他是在追火车吧？"

"不，不是在追火车，他是在打猎或是跳舞呢。"青年像是忘了自己身在何处，手插在口袋里起身说道。

印第安人真的像是在跳舞，因为追火车也不至于这么活蹦乱跳。突然，他头上的白羽毛向前一倒，印第安人赶紧收住脚步，敏捷地朝空中拉弓放箭。只见一只鹤从空中晃晃悠悠掉落下来，正好落在快步跑来的印第安人张开的双手上。印第安人高兴地站在那里笑了起来。不一会儿，那提着鹤向这边张望的身影变得越来越小，窗外两次闪过电线杆的绝缘瓷瓶后，玉米地又重现在眼前。从这边的窗户看出去，火车正奔驰在很高很高的山崖上，谷底的河流明亮宽阔，浩浩荡荡向前奔流着。

"要下坡了。一下子降到那里水面的高度，可不容易呀。这么大的倾斜度，火车是绝对不能反方向行驶的。看，一点儿一点儿快起来了吧。"说话的好像又是刚才那个老人。

火车不停地朝下行驶，接近悬崖时，清亮的河流渐渐清晰，乔班尼的心情也逐渐明朗起来。当经过一座小屋，看到屋前有个无精打采的孩子也在看火车时，他忍不住惊呼起来。

火车不停地前行着，车厢里有一半人向后仰着身子，一边紧紧抓着座椅。乔班尼和柯贝内拉忍不住笑了起来。银河就在火车旁奔流而过，水波不时腾起一道道光亮。河滩上到处盛开着淡红的瞿麦花，火车也终于放慢了速度，平缓地行驶起来。

只见眼前与对岸竖立着画有星星和丁字镐的旗帜。

"那是什么旗帜？"乔班尼总算开口说话了。

"那个呀，我也不知道，地图上没有……那里还有铁船呢。"

"是啊。"

"大概是在修桥吧。"女孩说道。

"噢，那是工兵的旗帜，在演习架桥呢。但是没看到士兵的影子呀。"

这时，在靠近对岸偏下游的地方，原本看不见的银河水突然一闪，弹起一支高高的水柱，随即发出一声巨响。

"爆破！在爆破！"柯贝内拉欢呼雀跃起来。

巨大的水柱落下后，翻着白肚皮的鲑鱼和鳟鱼被忽闪忽闪地抛入半空，划出一道圆弧后又落回了水里。乔班尼已经快活得要跳起来了。

"是天空的工兵大队！怎么样，鳟鱼竟然能被抛得那么高。我从没有这么愉快地旅行过。真是太棒了！"

"那鳟鱼离近看一定有这么大。没想到这水里竟有这么多鱼。"

"也有小鱼吗？"女孩也被引得加入了谈话。

"大概有吧。有大的就应该有小的。但离得太远，太小的都看不见。"乔班尼的心情完全好了，兴致勃勃地笑着对女孩答道。

"那一定是双子星的宫殿。"男孩突然指着窗外叫道。

只见右边矮丘上并排立着两座水晶筑造的小宫殿。

"什么双子星的宫殿？"

"我以前听妈妈说过很多次呢。你看那两座并排的小水晶宫，一定就是双子星的宫殿。"

"说呀，双子星怎么了？"

"这个我也知道。双子星来原野上玩耍，然后和乌鸦吵架了。对吧？"

"才不是呢。妈妈说是在银河的岸边……"

"后来彗星也咿呀咿呀地赶来了。"

"不对，你说的是别的故事里的。"

"那么，它们现在正在那边吹笛子吧？"

"现在沉入海里了。"

"不对，已经从海里升起来了。"

"没错，我知道，让我来说。"

河对岸骤然变得一片通红。杨树与周围的景物在一片漆黑中被照亮，原本还看不见的银河波浪也不时闪烁出一丝丝红光。对岸的原野上燃起了熊熊烈火，腾起的黑烟仿佛要将冰冷的青紫色天空也烤焦一般。那火焰似乎比红宝石还要火红通透，比叶长石还要光鲜亮丽。

"那是什么火？什么东西烧得出这么一大片红光闪闪的火焰？"乔班尼问道。

"天蝎之火。"柯贝内拉又是捧着他的地图应道。

"啊，我知道天蝎之火的来历。"

"什么是天蝎之火？"乔班尼问。

"我听爸爸说过许多次。天蝎是被烧死的，烧死它的火一直到现在还没灭。"

"蝎子就是虫子吧。"

"对，蝎子是虫子，但却是益虫。"

"蝎子不是益虫。我在博物馆见到过泡在酒精里的蝎子，它尾巴上有个这样的钩子，老师说被那钩子蜇到是会死的。"

"没错，但我爸爸说它就是益虫。他说从前在巴尔多拉原野上，有一只蝎子，以吃小虫子为生。有一天它被黄鼠狼发现了，差一点儿被吃掉。蝎子拼命逃跑，就在眼看要被黄鼠狼抓住的时候，它不慎掉进了跟前出现的一口水井里，却怎么也爬不上来。在就要被淹死的时候，蝎子祈祷道：'啊，我也数不清迄今为止自己吞噬过多少生命，今天我被黄鼠狼追捕的时候那么拼命逃亡，却依然落到这般田地。啊，我已经没有任何指望了，为什么不老老实实地把自己的肉体献给黄鼠狼呢？那样黄鼠狼也能多活一天啊。上帝啊，此心可昭。我不想在这里白白送命，以后若是能换来别人真正的幸福，就请拿走我的肉体吧。'话刚说完，蝎子看到自己化为美丽的火焰燃烧起来，照亮了黑暗的夜空。我爸爸说，那火现在还在燃烧着呢。对面那片火光真的就是天蝎之火。"

"没错，快看呀！对面那些觇标不就是排成蝎子形状的吗？"

乔班尼看到火焰那边的三个觇标真的排列得像蝎子的胳膊，火焰这边的五个觇标看起来就像蝎子尾巴和钩子。而那鲜红亮丽的天蝎之火一直无声地燃烧着，燃烧着。

火焰渐渐消失在后方，大家听到窗外又喧闹起来：各种乐曲的旋律，花花草草的芬芳，此起彼伏的谈笑、口哨声……让人觉得似乎很快就要到达一个正在举办庆典的城镇。

"半人马座，降临甘露吧！"一直在乔班尼身边睡觉的男孩突然看着对面的窗子叫道。

啊，那里竖着一株像圣诞树似的绿树，不知是鱼鳞松还是冷杉。树上挂着许许多多小灯泡，就像聚集着成千上万只萤火虫。

"啊，对了。今晚是半人马节啊。"

"噢，这里是半人马村。"柯贝内拉立马说道。

…………[1]

"投球的话我决不会投不中。"男孩神气活现地说道。

"南十字星站就要到了，做好下车准备。"青年对姐弟俩说。

"我还想再坐一会儿。"男孩说道。柯贝内拉身旁的女孩心神不定地站起来开始准备，看起来也不舍得和乔班尼他们分别。

"我们一定要在这里下车。"青年板着脸对男孩说道。

"不，我要再多坐一会儿。"

乔班尼忍不住插嘴说："和我们一起走吧。我们的车票可以坐到天涯海角。"

"但我们必须在这里下车，这里是通往天国的地方。"女孩不舍地说。

"不去天国也行嘛。老师说，我们要在这里创建比天国更美好的地方。"

1　原文此处空缺。

"但是妈妈已经提前去了，而且是上帝让我们去的。"

"你的上帝根本是假的。"

"你的上帝才是假的。"

"才不是呢。"

"你的上帝是位怎样的神？"青年笑着说。

"其实我也不是很清楚，不过他不是假上帝，而是唯一真正的上帝。"

"真正的上帝当然只有一位。"

"是啊，不是假的，是唯一真真正正的上帝。"

"就是嘛。我要祈祷让我们大家在真正的上帝面前重逢。"青年虔诚地十指相扣，女孩也跟着开始祈祷。大家依依不舍，脸色都显得有些苍白。乔班尼难过得差点儿哭出声来。

"都收拾好了吗？南十字星站就要到了。"

就在这时，茫茫的银河下游显现出一个镶嵌得五光十色的十字架来，它犹如一棵大树伫立在银河中，青白色的云环萦绕其上，将它映衬得更为耀眼。车厢里顿时喧闹起来，人们如同上次见到北十字星时一样，开始肃立祈祷。到处都能听到孩子们抓到瓜果时的欢笑声，深沉恭敬的叹息声。十字架渐渐来到了窗户的正面方向，看得到那如同苹果肉般的青白色云环正萦绕在它的顶上。

"哈利路亚！哈利路亚！"明朗的欢声响彻车厢。凄凉的远空传来一阵清脆嘹亮的喇叭声，火车在许多信号灯和电灯中渐渐慢了下来，终于来到十字架正前方停了下来。

"来，下车了。"青年牵着男孩的手，姐弟俩互相整了整衣服和领子，朝着对面出口处一步一步走去。

"再见了。"女孩回过头朝两人喊道。

"再见。"乔班尼强忍泪水，生气似的硬邦邦地说道。女孩难过地睁大眼睛又回头望了望，才默默地走了。车厢里空出一大半，冷风不停往车里灌，空荡荡的车厢显得极为冷清。

朝窗外望去，只见人们恭敬地排着队跪在十字架前的银河岸边，一个人穿着圣洁的白衣，正伸着手越过看不见的银河水走来。但玻璃汽笛响了起来，列车缓缓开动了。忽然间，一片银雾从下游飘来，顿时眼前什么都看不见了。只有许多许多核桃树叶在雾中闪闪发亮，带金色光环的电动松鼠不时露出可爱的脸庞。

过了一会儿，雾又散了。眼前出现一条通往别处的街道，路边点着一排小灯泡。街道与铁轨并行了很长一段，只见有两人走过小灯泡时，那星火般的灯光像是对他们打招呼似的忽然熄灭了，待两人通过之后才又亮起来。

回头看去，那十字架越来越小，小到好像真能挂在胸前似的。一片模糊之中，也不知道刚才那个女孩和青年是仍然跪在白色的河岸上，还是已经去了天堂。

乔班尼深深叹了一口气："柯贝内拉，又只剩下我们两个人了。不管到哪里，我们都要在一起。我已经变得像那只蝎子一样了，为了大家的幸福，我的身体哪怕焚烧一百遍也在所不惜。"

"嗯，我也是。"柯贝内拉的眼中含着晶莹的泪花。

"但真正的幸福到底是什么呢？"乔班尼问。

"我也不知道。"柯贝内拉茫然答道。

"我们好好干吧。"乔班尼深吸了一口气说道,仿佛胸中涌起了一股新的力量。

"那是煤炭袋,天空的窟窿。"柯贝内拉好像有些忌讳似的指着银河的一个地方说。

乔班尼顺着他指的方向看去,不禁吃了一惊。银河的那个地方有个黑洞洞的大窟窿,那窟窿到底有多深? 那深处又藏着些什么? 不管怎么揉眼睛仔细看,眼睛都看得酸疼起来了,还是什么都看不见。乔班尼说:"即使进到那巨大的黑洞中,我也不会害怕。我一定要去寻找大家真正的幸福。纵使走遍天涯海角,我们也要一起前行。"

"嗯,我肯定跟你一起去。哇,那原野多美啊,大家都聚集在那里呢。那里是真正的天国,我妈妈也在那里呢。"柯贝内拉突然看向远方,指着美丽的原野叫道。

乔班尼也朝那边望去,可是眼前一片白茫茫的,怎么也无法想象出柯贝内拉描述的那番景象。乔班尼心里一阵惆怅,呆呆望着远方,对岸两根并排的电线杆之间横着一根红色悬梁,仿佛手挽手地站在那里。

"柯贝内拉,我们是要一起去的吧。"乔班尼说着回头一看,柯贝内拉一直坐的位子上只有天鹅绒在闪着光,柯贝内拉却已经不见了人影。乔班尼炮弹般地跳了起来,为了不让别人听见,他把身体探出窗外,用尽全力捶打着自己的胸膛嘶声喊叫,随后又号啕大哭起来。

乔班尼睁开了眼睛,他刚才是累得在那个小山丘上的草丛中睡着了。他感到胸口有股莫名的燥热，脸上留着冰冷的泪痕。

乔班尼如弹簧般跳了起来，下面的镇子像之前一样灯火辉煌，似乎比刚才要温馨得多。刚才梦中多姿多彩的银河仍然是白茫茫的一片，南面黑黢黢的地平线上弥漫着浓浓的烟霭，右边天蝎座的红色星星美妙地闪烁着，天空中的星座并未发生多大偏移。

乔班尼一溜烟地跑下小山丘。想起妈妈还在等着自己一起吃晚饭，他一步不停地穿过漆黑的松林，绕过牧场的白栅栏，从刚才的入口来到昏暗的牛舍前。那里好像有人回来了，外面停着一辆刚才没有的汽车，上面装着两只木桶。

"晚上好！"乔班尼叫道。

"你好！"一个穿白色飞腿裤的人应声走了出来，"有什么事吗？"

"今天的牛奶没有送到我家来。"

"啊，对不起！"那人立刻走到里屋，拿来一瓶牛奶递给了乔班尼，"真是太抱歉了。今天白天小牛的栅栏没关好，这家伙跑到母牛那里，把奶吃掉了一半。"说着笑了起来。

"是吗。那我就拿走了。"

"真是对不起了。"

"没关系。"

乔班尼两手捧着温热的奶瓶，走出了牧场栅栏。

穿过林荫道上了大路，又走了一会儿来到十字路口。右边那条路的尽头依稀可见高大的桥头堡耸立在夜空中，刚才柯贝内拉他们就是过那座桥去放土瓜灯的。

十字路口和商店门前都聚集着七八个女人，她们一边望着桥的方向，一边交头接耳地议论着什么。桥上也有不少提着各种灯笼的人。

乔班尼不由得感觉到心里一凉，突然冲着身边的人咆哮般地问道："出什么事了？"

"有孩子落水了。"一个人说道，其他人的目光一下子集中到了乔班尼身上。乔班尼不顾一切地往桥的方向跑去，桥上挤满了人，根本看不见河水。穿白制服的巡警也出动了。

乔班尼沿着桥旁飞一般地下到宽阔的河滩上。

沿着河岸的水边，举着灯火的人们正在忙碌地跑上跑下，对岸昏暗的河堤上，也有七八盏灯火在移动。河中早已没了土瓜灯的踪影，只有灰暗的河水流淌时发出的轻微声响。

河滩最靠下游的地方有块沙洲般的突出，那里站着黑压压的人群。乔班尼快步朝那里走去，突然看到了刚才和柯贝内拉在一起的马尔苏。马尔苏跑到乔班尼身边，叫道："乔班尼，柯贝内拉掉到河里去了！"

"怎么会的？什么时候？"

"扎内利正要从船上把土瓜灯推到河里去的时候，小船摇晃起来，把他晃进了河里。柯贝内拉一看，立刻跳下水把扎内利推到了船边。扎内利抓住了卡托的手，可是柯贝内拉却不见了。"

"大家都找过了吗？"

"是啊，大家马上都赶来了，柯贝内拉的父亲也来了，但还是没找到。扎内利倒是被带回家去了。"

乔班尼来到大家所在的地方。同学们和镇上的人围着柯贝内拉的父亲，只见他伸着苍白的尖下巴，身穿黑色衣服呆呆地立在那儿，正死死盯着手上的表。

大家也都目不转睛地望着河面，人人一言不发，乔班尼紧张得腿都抖了起来。许多盏捕鱼用的电石灯忙碌地来回照着，看得到乌黑的河水在翻滚着细小的浪花不停流淌。

巨大的银河投影覆盖住了下游宽阔的水面，河里看上去就像没有水似的，真正的银河仿佛已经整个降临到了人间。

乔班尼强烈地感到，柯贝内拉现在只会在那遥远的银河里。

但是人们还不愿放弃，都指望柯贝内拉也许会一边说着"我游了好远啊"，一边从浪花里走出来；或是他游到了哪个无名沙洲上，在等着有人来找自己。然而柯贝内拉的父亲突然不容置疑地说道："不行了，已经落水四十五分钟了。"

乔班尼不由得冲到博士面前，他想说自己知道柯贝内拉在哪里，自己和柯贝内拉刚一起环游了银河。可喉头却像堵住了一般，什么都说不出来。博士以为乔班尼是来打招呼的，他对着乔班尼仔细看了好一会儿，亲切地说道："你就是乔班尼吧？今晚辛苦你了。"

乔班尼一言不发，只是鞠了一躬。

"你爸爸回来了吗？"博士紧握着手表，又问道。

"还没有。"乔班尼微微摇了摇头。

"怎么回事啊？我前天收到他报平安的信，还估摸着他今天总该到家了呢。可能是船晚了。乔班尼，明天下课后和大家一起来我们家玩吧。"

　　说完，博士又朝着满是银河倒影的下游望去。

　　乔班尼百感交集，什么话也说不出来。他离开博士身边，一心想着尽快把牛奶送回家去给妈妈，再告诉她爸爸就要回来了，于是一溜烟地沿着河滩朝街上跑去。

水 仙 月 四 日

雪婆婆出门去了远方。

　　雪婆婆有着猫一样的耳朵，灰白的头发。她穿过西边山脉耀眼的卷云，去了很远的地方。

　　一个孩子裹着红色毛毯，脑子里不停地想着如何做棉花糖，匆匆忙忙从象头形的雪丘下穿过，朝着家的方向走去。

　　"嗯，把报纸卷成尖筒的形状用力吹，就会从炭里冒出蓝色的火焰。我往锅里放一撮红砂糖，再放一撮粗砂糖，加上水之后，就该咕嘟咕嘟地煮啦。"赶路回家的时候，他真的是一直在拼命琢磨着棉花糖的事。

　　遥远的天边那澄澈寒冷的地方，太阳公公正不停地燃着耀眼的白火。

　　那光芒笔直地射向四方，落下来后，把寂静高地上的积雪变成了一面耀眼的雪花石膏板。

　　两只雪狼吐着火红的舌头，走在象头形的雪丘上。人的肉眼看不见这些家伙，狂风一起，它们就会从高地边缘的雪地上踩着纷乱的雪云窜到空中四处奔跑。

"咻，别跑得太远啊。"雪童子从两匹雪狼后面慢慢走过来，他把白熊毛皮三角帽扣在后脑勺上，红扑扑的脸好像泛着光的苹果。

两匹雪狼摇晃着脑袋转了个圈，又吐着红红的舌头跑了起来。

"仙后座星星，水仙花就要开了，快咯吱咯吱转动你的玻璃水车吧！"雪童子抬头望着蔚蓝的天空，对着看不见的星星喊道。一缕波状蓝光欢快地从天而降，两只雪狼在远远的地方正吐着火焰般的红舌头。

"咻，快回来！咻。"雪童子跳起来大声训斥着，他刚才还清晰映在地上的影子顿时变成了一道白光。雪狼们竖起耳朵，乖乖地回到了雪童子身边。

"仙女座星星，荆花就要开了，快刺刺喷出你灯里的酒精吧！"雪童子开始飞快地攀爬象头形雪丘，风已经把雪吹出了贝壳的形状，雪丘顶上立着一株高大的栗子树，树上结满了槲寄生美丽的金黄色果实。

"摘下来！"雪童子一边爬坡一边吩咐道。一只雪狼看到主人的小牙齿一闪，立刻像皮球一样突然跳上树干，嘎巴嘎巴咬上了结着红色果实的小树枝。雪狼在树上不时歪歪脖子，那影子落在雪地上又大又长。绿色的树皮和黄色的树心终于被咬断了，树枝落在刚爬上坡来的雪童子脚下。

"谢谢！"雪童子捡起树枝，遥望着坐落在蓝白色原野中的美丽小镇。小河泛着耀眼的白光，一片白烟正从车站上腾起。雪童子的视线落到了雪丘下，只见狭窄的雪路上，刚才那个裹着红毛毯的小孩正一心朝着山中赶路回家。

"昨天那家伙拉了一雪橇木炭过去，现在没拉雪橇，一定是把糖买回来了。"雪童子笑着把手里的槲寄生树枝朝孩子那儿扔去，树枝像子弹一样笔直飞到了孩子跟前。

孩子吃惊地捡起树枝，眼珠滴溜溜地四处张望。雪童子笑着扬起皮鞭啪地甩了一下。

顿时，万里无云的碧空骤然落下白鹭羽毛般的白雪来，令苍穹下的雪原、金黄色的阳光和茶色扁柏组成的宁静秀丽的星期天变得更美了。

孩子拿起树枝开始拼命赶路。

不过，大雪停下的时候，太阳公公好像移到了空中很远的地方，在那儿的旅店里又重新燃烧起了耀眼的白火。

接着，西北方刮来一阵风。

天空也变得寒冷起来。遥远的东方海面上传来细微的咔嚓声，就像是开启了天空的开关。不知不觉之中，太阳公公变成了一面雪白的镜子，只看见许多小东西从他前面络绎不绝地横穿过去。

雪童子把皮鞭夹在腋下，紧紧抱着胳膊，抿紧嘴唇，一直盯着风吹来的方向。雪狼们也伸长了脖子，一个劲儿地望着那边。

风渐渐地大了，脚下的雪被吹得刷刷地向后流动。不一会儿，对面山顶上啪地扬起一阵白烟，西边转眼间变得昏暗一片。

雪童子眼睛里仿佛顿时燃起了警觉的火焰。天空变得白茫茫的，风像要撕裂万物一般，干燥的雪粉早已飘落了下来。放眼望去，周围灰蒙蒙的一片，分不清哪里是云彩哪里是雪花。

雪丘的棱棱角角一下子被风刮得呜呜响，天空一片迷蒙，地平线和村镇都被挡在了视线之外，只有雪童子白色的身影在朦胧中伫立着。

嘶吼的狂风中传来了奇怪的声音："咻，磨磨蹭蹭地做什么呢？快下雪啊！快下雪啊！咻咻咻咻，咻咻，快下雪啊！让雪飞起来啊！明明那么忙，还磨蹭什么呀？咻咻，我还特地从那边带来了三个帮手呢。嘿，快下雪啊！"

雪童子就像受到电击似的一跃而起，因为雪婆婆回来了。

啪！雪童子甩响皮鞭，雪狼们也一起跳了起来。雪童子的脸色发青，抿着双唇，帽子也飞了起来。

"咻，咻，赶快好好工作！不准偷懒！咻，咻，快去给我好好干！今天可是水仙月四日。好好干！咻。"

雪婆婆蓬乱冰凉的白发在风雪中卷成了团。透过不断压上来的乌云间隙，能够看到雪婆婆那尖尖的耳朵和闪闪发亮的金黄色双眸。

雪婆婆从西方原野带来的三名雪童子个个面无血色，他们咬紧嘴唇，连招呼都没打，就赶紧挥动皮鞭来回奔忙起来。周围一片茫茫，已经分不清哪里是雪丘，哪里是雪烟，哪里是天空了。耳朵里只听到雪婆婆来来回回的怒吼声，雪童子们的挥鞭声，还有九只雪狼奔跑在雪地上的喘气声。在这片声音中，雪童子忽然听到了几乎淹没在狂风中的刚才那孩子的哭声。

雪童子的眼瞳异样地燃烧起来。他停下脚步想了一会儿，猛地挥了一下皮鞭，向那孩子的方向跑了过去。

　　但是，雪童子看来弄错了方向，朝南一直跑到了那座黑松山。他把皮鞭夹在腋下，竖起了耳朵。

　　"咻，咻，不准偷懒！快下雪啊！快下雪啊！咻，今天可是水仙月四日。咻，咻，咻，咻咻。"

　　从狂风暴雪声中，他又隐隐听到了清晰的孩子哭泣声。雪童子径直朝着哭声的方向跑去，雪婆婆那头可怕的乱发掠过他的脸庞。他看见那个红毛毯包着的孩子被狂风困在山口的雪地上，脚陷在雪里怎么也拔不出来。孩子摇摇晃晃倒在地上，手撑着雪地，哭着想要爬起来。

　　"毛毯盖在头上，脸朝下！毛毯盖在头上，脸朝下！咻。"雪童子边跑边叫，但在那孩子听来，这喊声就像是呼啸而过的风声，他根本瞧不见雪童子的身影。

　　"脸朝下趴着！咻，不要动！雪马上就会停了，盖着毛毯趴下别动！"雪童子边往回跑边大声叫道，但是孩子还是挣扎着想要爬起来。

　　"趴下！咻，趴着别动！今天并不那么冷，不会冻僵的。"

　　雪童子又一次折返回来大喊着从孩子身边跑过，孩子还是咧开嘴哭着想要爬起来。

　　"趴着呀！这样可不行啊。"雪童子故意迎面猛冲上去，把孩子撞倒了。

　　"咻，再给我加把劲！不许偷懒！快点！咻。"

雪婆婆飞过来了，隐约可以看见她那咧开的紫色嘴巴和尖利的牙齿。

"哎呀，怎么有一个小孩子？对了，把他抓过来吧。今天是水仙月四日嘛，抓一两个小孩子也没关系。"

"对呀，就是嘛……你去死吧！"雪童子故意用力撞了孩子一下，却小声说道："趴着别动！不要动！不要动啊！"

雪狼们也疯狂地来回奔跑着，黑黑的狼腿在云雪之间不停地闪烁晃动。

"对对，就得这样……快下雪吧！不要偷懒！快下雪吧！咻咻咻，咻咻。"雪婆婆说完又飞走了。

那孩子还想爬起来，雪童子笑着又用力撞了过去。就在那时，周围已经黑魆魆的了。虽然还没到三点，却好像快天黑了似的。那孩子已经筋疲力尽，爬不起来了。雪童子笑着伸出手，将那条红毛毯紧紧地包在了他身上。

"睡吧，我会给你盖上很多被子的，这样就不会冻僵了。好好做你的棉花糖美梦吧，一直做到明天早上。"

雪童子一遍又一遍地在孩子身上铺了好几层雪，不一会儿，孩子身上的雪堆得和周围一样高，那条红毛毯也看不见了。

"那孩子手里还拿着我给他的槲寄生树枝呢。"雪童子小声呢喃着，好像快哭出来了。

"嘿，好好干！雪必须一直下到夜里两点，今天是水仙月四日嘛，不准休息！快！给我再多下点儿雪啊！咻，咻咻，咻咻。"

雪婆婆在远处的狂风中又大声叫了起来。

于是，狂风暴雪肆虐，满天乌云翻滚，大雪下啊，下啊，真的下到天黑以后，下了整整一夜。等到天将亮时，雪婆婆又从南径直向北飞来，嘴里叫着："来，差不多可以休息了。我马上还得到海那边去，你们谁都不用跟我去了。好好休息，做好下次下雪的准备。这次情况还算不错，水仙月四日顺顺当当过去了。"

她的眼睛在昏暗中闪着诡异的蓝光，一头乱发卷成一团，颤抖着双唇向东面飞去了。

原野与山丘仿佛都松了一口气，雪地闪着青亮的白光。天空不知不觉也放晴了。蓝紫色天穹中的星斗都在忽闪忽闪地眨着眼睛。

雪童子们这才各自领着雪狼互相打起招呼来。

"雪下得真是太猛烈了。"

"是啊。"

"下次什么时候再见？"

"谁知道呢？不过今年大概还有两次吧。"

"真想早点儿一起回北方去。"

"是啊。"

"刚才是不是有个孩子死了？"

"没事，只是睡着了。明天我会过去做个标记。"

"啊，回去吧！天亮之前还得赶到那边去呢。"

"那好吧。可是我实在不明白，那是仙后座的三颗星星吧？全都燃烧着蓝色的火焰呢。可是为什么火烧得越厉害，雪反而下得越大呀？"

"这个嘛……和棉花糖一样。你看，做棉花糖不是骨碌碌转的吗？那样粗糖才能成为松软的棉花糖呀，所以火要烧得越旺越好。"

"是这样啊。"

"那么，再见吧！"

"再见！"

三个雪童子带着九匹雪狼回西方去了。

不一会儿，东边天空泛起黄玫瑰般的晨曦，接着闪出琥珀色的曙晖，继而如燃烧般放射出金黄色的灿烂光芒来。山丘和原野到处都铺上了厚厚的新雪。

雪狼们疲惫不堪地趴了下来，雪童子也坐在雪地上笑着。他的脸颊红得像苹果一样，气息清香得如同百合一般。

绚丽耀眼的太阳公公升起来了。带着几丝蓝色的晨光显得格外明媚，无边无际的雪地顿时全染成了粉红。雪狼张大嘴巴站起身来，口中悠然吐出青色的火焰。

"喂，你们跟我来吧。天已经大亮，得去叫醒那个孩子了。"

雪童子向昨天用雪盖住孩子的地方跑去。

"快点儿，帮我踢散这里的雪！"

雪狼们立刻用后腿踢起雪来，扬起的雪雾马上被风吹走了。

一个身着毛皮大衣的人穿着雪地靴，从村子那边急匆匆地走来。

雪童子看到红毛毯的一角已经显现出来，对雪狼们叫了一声："可以了！"

随后他朝着背后的雪丘上边跑边喊："你爸爸来了！快醒醒吧！"他的身后扬起一片雪雾。

孩子好像动了一下，穿皮衣的人也朝这里拼命跑了过来。

橡 子 与 山 猫

一个星期六的晚上，一郎收到一张奇怪的明信片。上面写着：

金田一郎先生：

　　你最近过得逍遥自在，这就好了。

　　明天有一场麻烦的官司，请你前来参加。

　　请不要带枪或弓箭来。

山猫 敬启

9 月 19 日

明信片上字写得很差，墨迹也深浅不匀，有些地方甚至浓得沾手。不过一郎仍然喜不自胜地把明信片藏在书包里，满屋子满院蹦跳个不停。

晚上钻进被窝里后，他脑子里也净是山猫可爱的脸和明天那场麻烦官司，一直到很晚才睡着。

一郎醒来时天已经大亮了。他走到门前，只见蔚蓝色的天空下，周围的群山苍翠葱茏，就像是刚画出来的一般。一郎匆匆吃完早餐，一个人沿着溪谷旁的小路向上游走去。

　　一股清风刷地迎面而来，吹得栗子哗啦哗啦撒了一地。一郎抬头望着栗子树问道："栗子树，栗子树，山猫有没有从这儿经过啊？"

　　栗子树歇息了一下，回答道："山猫啊，它今天一早就坐着马车奔东边去了。"

　　"东边就是我要去的方向嘛，真奇怪啊。我还是再走一段看看吧。栗子树，谢谢你！"

　　栗子树没吱声，又继续撒起它的栗子来。

　　一郎走了一小会儿，来到吹笛瀑布旁。那里是一片雪白岩石的崖壁，崖壁中间开了一个小洞，水发出笛子般的响声从洞里喷涌出来形成一道瀑布，然后轰响着冲向谷底。

　　一郎对着瀑布大喊："喂，吹笛瀑布，山猫经过这里没有？"

　　瀑布发出笛子般优美的声音回答道："山猫刚才坐着马车往西边去了。"

　　"真奇怪，西边是我家的方向啊。不过我还是再往前走走看吧。吹笛瀑布，谢谢你！"

　　瀑布又一如既往地继续吹起它的笛子来了。

　　一郎又走了一会儿，看到一棵山毛榉树下有许多白蘑菇，它们正"噔咚……噔咚……噔咚"地吹奏着奇怪的曲子。

　　一郎弯下腰问："喂，蘑菇啊，山猫经过这里了吗？"

蘑菇回答："山猫今天一早就坐着马车往南边去了。"

一郎感到纳闷："往南边去，就到那座山的山坳里去啦，真奇怪啊。咳，还是再走走看吧。蘑菇，谢谢你！"

蘑菇们又忙着继续吹奏起那首奇怪的曲子来了："噔咚……噔咚……噔咚……"

一郎又走了一会儿，看见一只在核桃树梢上跳来跳去的松鼠。一郎马上招手喊住它问道："喂，松鼠啊，山猫有没有经过这里？"

松鼠一听，抬起前爪遮住额头，从树梢上望着一郎答道："山猫天还没亮就坐着马车到南边去了。"

"南边？奇怪呀，为什么蘑菇和松鼠都这么说呢？咳，还是再走走看吧。松鼠，谢谢你！"松鼠已经不见了，眼前只有核桃树梢在微微晃动，旁边忽闪着山毛榉的叶子。

一郎又走了一会儿，这条沿着溪谷的小路越来越窄，最后终于走到头了。还好在溪谷南面还有一条小道，是通往黑森森的香榧树林的。一郎慢慢沿着那条小道朝上走着，香榧树枝重重叠叠，把碧蓝的天空都遮得看不见了。小道坡度变陡了，一郎累得满脸通红，大汗淋漓。突然眼前一亮，他来到了一片美丽的金色草地。嫩草随风沙沙作响，环绕在茂密的橄榄色香榧树林之间。

草地的正中间站着一个身材矮小膝盖弯曲的奇怪男人，他手拿皮鞭默不作声地看着一郎。

一郎刚慢慢走近几步，立刻吃惊地停住了脚步。因为那人只有一只眼睛能看得见，另一只则在不停地翻着白眼。他穿着不知是外套还是短褂的奇怪衣服，两腿弯得像山羊脚，特别是那两只脚尖，长得就像盛饭的饭勺似的。

"请问你认识山猫吗？"

那人一听，斜眼看着一郎，总算咧开嘴笑道："山猫大人马上就回到这里来。你是一郎吧？"

一郎吓得不禁后退了一步，说道："对，我是一郎。但你是怎么知道的？"

那个奇怪的人笑得更厉害了："这么说，你看过明信片了？"

"看过了，所以我来了。"

"明信片上写得很不得体吧？"那人低下头自卑地问。

一郎不忍心看到他这副样子，便宽慰道："哪里呀，我觉得写得很不错嘛。"

那人听了之后高兴地喘着气，整个脸都红到了耳朵根，兴奋地敞开衣服领口吹起风来。

"那些字写得也不错吧？"那人又问。

一郎忍不住笑出声来，回答他说："写得很好，五年级学生也写不出那么端正的字来。"

那人一听拉长了脸："小学五年级吗？"说话的声音有气无力，听上去可怜巴巴的。

一郎急忙说道："不不，我说的是大学五年级。"

这一来，那人又高兴地咧开嘴笑了起来，大嘴咧得就好像占满了整张脸。他大声叫道："那张明信片其实是我写的！"

一郎忍着笑问道："请问你是谁啊？"

那人急忙一本正经地回答："我是山猫大人的马车夫啊。"

这时，忽地吹来一阵劲风，周围草地上顿时像泛起了波浪，马车夫急忙恭恭敬敬地行起礼来。

一郎觉得奇怪，回头一看，只见山猫披着黄色斗篷，正瞪着圆溜溜的绿眼珠子站在身后。一郎还在琢磨着它那两只竖着的尖耳朵，山猫却先向一郎鞠了一躬，于是一郎也彬彬有礼地寒暄道："你好啊，谢谢你昨天寄给我的明信片。"

山猫捋了捋胡须，睐着肚子说："你好！欢迎欢迎。请你来是因为前天发生了一件麻烦的纠纷，我不知道该怎么判，所以想听听你的意见。来吧，请先好好休息休息，大概橡子们马上就要来了。唉，每年都会被这样的纠纷搞得焦头烂额。"

山猫从兜里掏出一盒烟，拿出一支自己叼上，又将烟盒递给一郎："来一根吧？"

一郎吓了一跳，赶快说："不不，我不抽。"

山猫派头十足地笑道："哦，你太年轻了。"说着刺地点燃一根火柴，故意皱了皱眉，喷出一口青烟来。山猫的马车夫毕恭毕敬地肃立在一边，看起来在拼命憋着烟瘾，憋得泪珠都噼里啪啦掉下来了。

这时，一郎听到脚下响起一阵啪啪的响声，像是在锅里炒盐一样。他吓了一大跳，蹲下去一看，只见草丛里到处都是金光闪闪圆滚滚的东西。再仔细一看，那些都是穿着红裤子的橡子，加在一起三百个都不止。橡子们哇哇地叫个不停，好像在争吵着什么。

"啊，来了。多得就像蚂蚁似的。喂，赶快摇铃。趁着今天阳光好，把那里的草全割掉吧！"山猫扔掉手中的烟头，急不可待地命令马车夫。

马车夫赶忙从腰旁抽出一把大镰刀，飞快地把山猫前面一块地上的野草割掉了。一割完，亮晃晃的橡子就从四面草丛中跳出来，吵吵闹闹地来到山猫面前。

马车夫叮当叮当摇起铃来，铃声飘荡在香榧林中，金黄色的橡子们这才稍微安静了一点儿。回头一看山猫，它不知什么时候穿上了一件黑缎子长衫，煞有介事地端坐在橡子们面前。望着眼前这个场面，一郎觉得就像众人参拜奈良大佛的那幅画一样。马车夫则又挥起手中的皮鞭，啪啪地甩了两三下。

万里无云的蓝天下，金光闪闪的橡子们真是漂亮极了。

山猫尽管忧心忡忡，却还是虚张声势地大声说道："今天已经是第三天开庭了，你们还是适可而止言归于好吧！"刚说完，橡子们便七嘴八舌地吵闹起来。

"不行不行！就是不行！不管怎么说，头最尖的最伟大！我的头就是最尖的！"

"不对！你错了！头圆的才伟大！我的头是最圆的！"

"得比个头呀！个头大的才伟大！我的个头最大，所以我才是最伟大的！"

"才不是呢！我的个头比你大多了，昨天法官大人不也是这么说的吗？"

"你说的不对！得比个子高！个子最高的才最伟大！"

"应该是力气最大的！力气大的才最伟大！"

橡子们你一句我一句地争吵不休，如同捅到了马蜂窝一般乱成一团，弄得听的人如堕雾里。

山猫大声呵斥道："吵死了！你们把这里当作什么地方？肃静！肃静！"

马车夫也啪地甩了一皮鞭，橡子们这才不出声了。

山猫捋了捋胡须，再次说道："今天已经是第三天开庭了，还是请你们适可而止言归于好吧。"话音刚落，橡子们又互不相让地接着争吵起来。

"不行不行！就是不行！不管怎么说，头最尖的最伟大！"

"不对！你错了！头圆的才伟大！"

"才不是呢！得比个头呀！"

橡子们吵得乱成了一锅粥。

山猫再次大声呵斥道："住嘴！吵死了！你们把这里当作什么地方？肃静！肃静！"

马车夫也啪地又甩了一皮鞭。

山猫又捋了捋胡须，把刚才的话又说了一遍："今天已经是第三天开庭了，还是请你们适可而止言归于好吧。"

"不行不行！就是不行！头最尖的……"

橡子们仍然不依不饶地争吵不休。

马车夫再次甩了个响鞭，橡子们安静了下来。

山猫偷偷地问一郎："每回都是这样，这可怎么办啊？"

一郎笑着回答："那这样好了，你就去对它们说，它们当中最笨的、最丑的、最不像样的才是最伟大的。这个我在和尚传经时听到过。"

山猫恍然大悟似的点了点头，装腔作势地敞开黑缎子长衫领口，露出黄色斗篷，对橡子们说："好了，安静！现在宣判如下：你们当中谁最不伟大、最笨、最丑、最不像样、脑瓜子最不顶用，谁就是最伟大的。"

全场鸦雀无声，橡子们都听得愣愣地一动不动了。

山猫脱下黑色上衣，一边擦着脸上的汗水，一边拉住了一郎的手。啪啪啪……马车夫也高兴地连甩了五六个响鞭。

山猫对一郎说："太谢谢你了！这么麻烦的官司，你只用一分半钟就解决了。今后就请你当我这个法庭的名誉法官吧。能不能请你再接到明信片时马上过来？每次都会备有薄礼相谢的。"

"好的，不过谢礼就不用了。"

"不，请你一定要收下，因为这关系到我的人格。以后的明信片上收信人就写金田一郎先生，发信人就写法庭，可以吗？"

"好的。"一郎说完，山猫好像还想再说什么，捋着胡须眨了好一会儿眼睛，才终于下定决心开口说道："那么，明信片的内容就写：因有要事，明日务请出庭。行吗？"

一郎笑着说："好像有点儿怪怪的，最好不要这么写。"

山猫好像很后悔自己没说清楚，低着头捋了会儿胡须，最后放弃般地说："那内容还是按照以前那样写吧。至于今天的谢礼，你是喜欢一升黄金橡子，还是碱鲑鱼的鱼头？"

"我想要黄金橡子。"

一郎没选鲑鱼鱼头，似乎使得山猫松了口气，它命令马车夫说："快拿一升黄金橡子来！如果不够一升，就再加一些镀金的。

快去！"

马车夫将刚才那些橡子装到量斗里，量了量后喊道："正好有一升！"

风吹得山猫的斗篷啪嗒啪嗒飘动起来，它伸直身子闭上眼睛，打着哈欠说道："好了，快去准备马车！"

一辆蘑菇做的白色大马车拉了出来，同时还有一匹奇形怪状的灰马。

"来，我送你回家吧。"山猫说。

一郎和山猫坐上马车，马车夫把那升橡子也放了上来。

啪！啪！

马车离开了那片草地，周围的树木与草丛摇曳得如同烟云一般。一郎盯着那些黄金橡子，山猫却摆出毫不在意的样子望着远方。

随着马车的前进，橡子的金色光泽越来越淡，不久之后当马车停下来时，它们全都变成了平常的褐色橡子。忽然之间，披着黄斗篷的山猫、马车夫、蘑菇马车也一下子消失了，只剩下一郎自己抱着那升橡子站在家门前。

从那以后，一郎就再也没收到过署名"山猫敬启"的明信片。有时候一郎会想，要是当初同意让山猫写成"明日务请出庭"就好了。

猫 咪 事 务 所

轻轨车站附近有个猫咪第六事务所，主要从事猫咪历史与地理情况的调查。

　　那里的文员都身穿黑缎子短衫，很受尊敬，所以每当有谁因故辞职时，这一带的年轻猫咪都会争先恐后地想要到那里补缺。

　　可是事务所的文员限定为四名，那就只能从众多报名者中选出一只最会写字和吟诗的猫咪来。

　　当所长的黑猫虽然已经年老昏聩，但他眼睛里宛如镶嵌着好几层铜丝似的，着实威武不凡。

　　他有四个部下：第一部下是白猫，第二部下是虎皮猫，第三部下是三色猫，第四部下是炉灶猫。

　　炉灶猫并非生来就是炉灶猫。其实谁管他本来是什么猫，叫他炉灶猫是因为他晚上喜欢钻进炉灶里睡觉，弄得浑身黑灰脏兮兮的，特别是鼻子和耳朵被煤烟沾得黢黑一团，就像是只狸子。

　　难怪事务所里的猫咪们都很讨厌他。

这么脏的炉灶猫即使本来学习再好，也是不应该被选上的，但是就因为所长是那只老黑猫，所以炉灶猫才能从四十名竞争者中脱颖而出。

宽敞的事务所里，所长黑猫稳坐在正中那张铺着大红呢绒的桌子后面。他右边是第一部下白猫和第三部下三色猫，左边是第二部下虎皮猫和第四部下炉灶猫，部下们都面对各自的小办公桌规规矩矩坐着。

话说回来，调查猫咪的历史与地理，对猫咪有什么帮助呢？

让我们来看看事务所的工作情况。

笃、笃、笃……一只猫咪敲响了事务所的大门。

"进来！"所长黑猫手插在口袋里，威风凛凛地仰身吼道。

四个部下正在埋头查阅资料。

享乐猫走了进来。

"有什么事？"所长问。

"我想去白令海那一带捉冰河鼠吃，那里什么地方最好啊？"

"噢，第一部下，你介绍一下冰河鼠的产地。"

第一部下打开蓝色封皮的大本子，回答道："有乌苏特古梅纳、拿巴斯卡亚，还有弗萨河流域。"

所长对享乐猫说："乌苏特古梅纳、拿巴……拿巴什么来着？"

"拿巴斯卡亚。"第一部下和享乐猫一齐说道。

"对！拿巴斯卡亚！还有一个地方是哪里？"

"弗萨河！"享乐猫和第一部下又一齐说道。所长有些不好意思了。

"对对！是弗萨河。那些地方好像都不错。"

"那么，到那里去时需要注意点儿什么？"

"噢，第二部下，你说说去白令海地区旅行时的注意事项。"

"是！"第二部下打开自己的记事本说，"夏猫完全不适合去旅行。"

话刚说完，也不知道为什么，大家都瞪了炉灶猫一眼。

"冬猫也要小心。在函馆附近，有被用马肉作诱饵抓住的危险。特别是黑猫，在旅途中务必随时表明自己是猫，否则会被误认成是黑狐而遭到猎人追杀。"

"好了，就是这样。你不像我是黑猫，不需要过分担心，但是在函馆一定要注意提防马肉诱饵！"

"是吗？那……当地都有哪些有名望的人呢？"

"第三部下，你介绍一下白令海那里有名望的人。"

"是！嗯……白令海地区嘛，哦，有两个，是妥巴斯基和甘佐斯基。"

"妥巴斯基和甘佐斯基是什么样的人？"

"第四部下，你来简单介绍一下妥巴斯基和甘佐斯基吧。"

"是！"第四部下炉灶猫早就等在那里了，他两根短猫爪正夹在大资料簿中妥巴斯基与甘佐斯基的两个地方。看来所长和享乐猫都很佩服他。

可是其他三名部下却都斜视着他嘿嘿地冷笑，就像看着个傻瓜似的。

炉灶猫认认真真地按照资料簿中写的读道："妥巴斯基是位

德高望重的酋长，目光炯炯有神，但说话的速度较慢；甘佐斯基是位家道殷实的富翁，说话速度较慢，但眼光炯炯有神。"

"嗯，知道了。谢谢。"享乐猫离开了事务所。

这样的工作对于猫咪来说是很便利的。只是，过了半年之后，这个第六事务所最终被废除了。废除的原因想必各位已经知道了，第四部下炉灶猫被上面三只猫嫉恨得咬牙切齿，尤其是第三部下三色猫觊觎炉灶猫的工作，整天想要取而代之。虽然炉灶猫千方百计想获得那三只猫的好感，却反而与他们关系越来越僵。

例如有一天吃午饭时，邻座的虎皮猫拿出便当放在桌子上刚想吃，突然感到一阵困意，于是伸直两只短短的前爪，打了个大大的呵欠。

这种举动在猫之间算不上什么失敬无礼，就像人当众捋捋胡须一样，没什么大不了的。可是虎皮猫后腿用力一蹬弄斜了桌子，便当盒滑落下来，结果掉在了所长桌前的地上。便当盒虽然摔得坑洼不平，但好在是铝制的，并没有摔坏。虎皮猫连忙停止打哈欠，从桌上伸出手去想要把便当盒捡起来。可是他的前爪勉勉强强刚够得到，碰得便当盒在地上滑来滑去，就是抓不起来。

"你这样不行啊，够不着嘛。"所长黑猫边吃着面包边笑道。第四部下炉灶猫这时刚打开便当盒，他看见这种情形马上起身，捡起便当盒递给了虎皮猫。

哪知虎皮猫突然恼羞成怒，不仅不接炉灶猫好意递过来的便当盒，反而背着手拼命摇晃着身体大吼："怎么？你要让我吃这个便当？吃这个掉在地上的便当吗？"

"不是的，我看你想捡这个便当盒，才替你捡起来的。"

"我什么时候要捡起来了？啊？我是觉得把它掉在所长面前失礼得很，所以想把它扒拉到自己桌子底下来。"

"是这样啊？我只是看到便当盒老是滑来滑去的……"

"胡说什么呀！太无礼了！我要和你进行决……"

"别吵吵了！"所长大声呵斥道。他故意打断虎皮猫，就是为了不让虎皮猫说出"决斗"那样的话来。

"听着，不准吵架！炉灶猫肯定不是想让虎皮猫吃这个便当才捡起来的。有件事早上忘记说了，虎皮猫，你的月薪涨一角钱。"

虎皮猫开始的时候还是一脸凶相地低头听着所长讲话，最后终于笑了出来。

"惊扰大家了，对不起！"说完他瞪了一眼邻座的炉灶猫，坐了下去。

各位，我很同情炉灶猫。

可是过了五六天，类似的事情又发生了。

经常发生这种事的原因有两个：一是因为猫咪们太懒了，二是因为猫的前爪——就是猫的手太短了。这回是坐在对面的第三部下三色猫，他在早上工作之前把笔咕咚咕咚滚到了地上。三色猫懒得马上站起来去捡，他和之前的虎皮猫一样，想要隔着桌面伸出两手去抓地上的笔。这次当然也没抓到。三色猫的个子特别矮，他身体一点儿一点儿伸出去，后腿竟离开了凳子。要不要帮三色猫捡起来呢？炉灶猫想起之前的那件事，在一旁转着眼珠考虑了一会儿，最后看不下去了，终于站起身来。

恰好就在这时，三色猫身子伸过了头，突然四脚朝天从桌面上翻了下去。声音大得连所长黑猫也吓了一大跳，他赶紧站起身从后面架子上取出了安神药水瓶。谁想到三色猫马上爬了起来，怒气冲冲地吼道："炉灶猫，你竟敢把我推倒！"

所长马上劝三色猫说："不是的，三色猫，你搞错了。炉灶猫只是好心站了起来，他一点儿也没碰你啊。再说这种小事算得了什么？哎？对了，那份迁居到桑洞镇去的申请呢……"所长说完就去工作了，三色猫只好也继续工作起来，但还是不时狠狠瞪炉灶猫一眼。

炉灶猫在这种处境下实在很痛苦。

他想要变成一只普通的猫，好几次试着在窗外睡觉，可是半夜冷得他直打喷嚏，只能重新钻到炉灶里来。

为什么这么怕冷？那是因为自己皮毛太薄。为什么自己皮毛这么薄？那是因为自己生在最热的暑伏天。只能怪自己，没办法呀！一想到这里，炉灶猫圆溜溜的双眼里就含满了泪水。

不过，所长对自己那么亲切，而且其他炉灶猫都为自己能在事务所工作而感到骄傲，所以无论多么困难自己都不能辞职，一定要坚持下去。炉灶猫边哭边攥紧了拳头。

但是那么亲切的所长终于也无法指望了。因为猫看上去聪明，其实很愚蠢。有一天，炉灶猫非常不巧感冒了，大腿根肿得像碗口一样，怎么都动不了，只好在家休息一天。他疼痛难耐，不停哭泣，整天都在望着库房小窗口射进来的金色阳光抹眼泪。

我们再来看看他没上班的这一天里事务所的情况。

"奇怪啊，今天怎么炉灶猫还没来啊？都这个时候了。"所长忙完一件事后说道。

"怎么不来？大概是跑到海边玩去了吧。"白猫说。

"不对，恐怕是被请去参加宴会了吧。"虎皮猫说。

"今天有什么地方在开宴会吗？"所长吃惊地问，因为他觉得猫咪们的宴会不可能不邀请自己。

"听说北边好像有个开学典礼。"

"是吗？"黑猫沉思起来。

"为什么最近炉灶猫总是受到邀请？"三色猫说，"听说他到处吹嘘自己这次要当所长，所以那些愚蠢的家伙们才害怕地拼命讨好他。"

"你这些话是真的吗？"黑猫怒吼道。

"当然是真的，要不然您查查看。"三色猫嘟起嘴说。

"岂有此理！我对他一直照顾得那么周到！等着吧，我自有方法惩治他。"

事务所里鸦雀无声了好一会儿。

第二天，炉灶猫大腿根终于消肿了。他开心地一大早就顶着狂风来到事务所，却发现那几大本重要的资料被分放到了另外三张办公桌上。那些资料原来都放在炉灶猫桌上，炉灶猫可是往常一上班就要摸上好几遍的呀。

"啊，一定是昨天太忙了。"炉灶猫声音沙哑地自言自语道，心里不免有点儿惴惴不安。

啪嗒……门开了，三色猫走了进来。

"早上好！"炉灶猫站起身打招呼，可是三色猫一声不吭地坐下来，然后急急匆匆地翻起资料簿来。

啪嗒……虎皮猫进来了。

"早上好！"炉灶猫站起身来打招呼，虎皮猫却连看也没看他一眼。

"早上好！"三色猫说。

"早啊！今天风真大。"虎皮猫应答完三色猫的寒暄后，也翻弄起资料簿来。

啪嗒……砰……白猫进来了。

"早上好！"虎皮猫和三色猫一齐招呼起来。

"哎呀，早啊！风可真大呀。"白猫说着也忙碌地开始了工作。这时炉灶猫有气无力地站起来默默行了个礼，可白猫就当没看见。

啪嗒……砰……"嗯，好大的风啊！"所长黑猫走了进来。

"早上好！"三只猫利索地站起身来行礼，炉灶猫也迷迷糊糊地站了起来，低着头鞠了个躬。

"简直就是在刮暴风。"所长黑猫说着就开始了工作，看都没看炉灶猫一眼。

"听着，今天必须继续调查完阿摩尼亚库兄弟的情况，然后立刻回复。第二部下，阿摩尼亚库兄弟俩到底是谁到南极去了？"一天的工作开始了，炉灶猫在一旁默默地低下头。没有了资料簿，他想说点儿什么也说不出来了。

"去的是庞·珀拉利斯。"虎皮猫回答。

"好，详细介绍一下庞·珀拉利斯的情况。"黑猫说。

啊，这是我的工作呀，资料簿……资料簿……炉灶猫心里难受得欲哭无泪。

"庞·珀拉利斯从南极探险回来的途中在亚布岛海域去世，遗体已被水葬。"第一部下白猫拿着炉灶猫的资料簿念道。

炉灶猫伤心得两颊发酸，尽管脑袋嗡嗡作响，却强忍着不发一声。

事务所里渐渐忙得像沸腾的开水一样，工作在不断地推进。大家偶尔瞥炉灶猫一眼，却不开口对他说话。

到了中午，炉灶猫连带来的便当都没拿出来，一直双手放在膝盖上低着头。

到了下午一点，炉灶猫终于忍不住哭了起来。傍晚前的整整三个小时里，他一直在哭哭停停地啜泣。

然而大家只顾自己拼命工作，仿佛没看见他哭似的。

这时谁都没注意到，所长身后的窗口外面，出现了一张庄重威严的金色狮子脸。

狮子疑惑地观察了一会儿办公室内的情景，突然敲开门走了进来。猫咪们惊愕不已，慌得手足无措地在原地打转。只有炉灶猫停止哭泣，笔直地站了起来。

狮子掷地有声地大声训斥道："你们到底在干些什么？这种事情根本不需要地理、历史。别干了！听到没有？我命令：解散！"

事务所就这样被废除了。

狮子的意见，我一半赞同。

山 男 的 四 月

山男[1]的金色眼睛瞪得溜圆，猫着腰，在西根町山的扁柏树林中猎兔子。

　　可是，他没打到兔子，却打到了一只山鸟。

　　当时山鸟受惊飞了起来，山男收拢双手，身体像子弹一样弹射出去，几乎把山鸟压扁了。

　　山男的脸涨得通红，张开大嘴呵呵笑着，高兴地抡着那只脑袋耷拉下来的山鸟，走出了森林。

　　来到南边朝阳的干草地上，他突然扔下猎物，捋了捋干巴巴的红头发，抱着肩膀一骨碌躺了下来。

　　不知哪里传来叽叽的鸟鸣，干草地上到处摇曳着淡紫色的猪牙花。

　　山男仰望着碧蓝的天空，红彤彤、金灿灿的太阳就像一个黄

1　山男：传说中的山妖、野人。

中透红的山梨。周围洋溢着干草的香气，后面山上的积雪仿佛在为这景色打出涅白的背光。

"糖这东西真是太好吃了。老天爷做了那么多糖，可就是不给我吃。"

山男迷迷糊糊地想着这些事，碧空中一片淡淡的云彩漫无目的向东方飘去。山男的嗓子里发出呼噜呼噜的声响，他又开始迷迷糊糊地遐想起来。

"云这东西啊，跟在风后头来来去去，一会儿消散，一会儿又出现，所以才有云助[1]这个说法的啊。"

就在这时，山男奇怪地觉得自己好像头脚一下子变得轻飘飘的，仿佛倒悬着浮到空中去了。他感到自己变得像云助一样在漫无目的地前行，也不知是被风吹着还是自己在飞。

"看来这里就是七森林吧，正好有七个林子呢。有的林子长着许多松树，有的光秃秃的一片枯黄。既然到了这里，那么不久就快进镇子了吧。进镇子要是不变个模样，是会被人打死的。"

山男一边自言自语，一边想法子变成了一个樵夫。没过多久来到镇口，他还是觉得脑袋轻飘飘的，走起路来身体不稳，于是便放慢脚步进了镇子。

镇口那家鱼店照样开着，货台上放着脏兮兮的咸鲑鱼草包和皱巴巴的沙丁鱼头，房檐下吊着五只褐红色的章鱼。山男仔细打量着那五只章鱼。

---

1 云助：日语中意为像云一样飘泊、无固定住处的人。

"瞧那弯弯曲曲、疙疙瘩瘩的红色章鱼脚，真是太棒了，比郡公所技术员穿马裤的腿还漂亮。它们在深蓝色海底瞪大眼睛爬行的样子得多么神气啊！"

山男情不自禁地咬着手指头站住不动了。这时，走过一个东张西望的中国人，他身上的浅黄色衣服脏兮兮的，背着一个大包裹。这个人突然拍了拍山男的肩膀，问道："喂，要不要中国的绸缎啊？六神丸也很便宜哦。"

山男惊得转过身大声喊道："不要！"

话刚出口，他便意识到自己声音太大了，因为留分头穿木屐的鱼店老板正手拿圆钩站在那里，这时也和穿蓑衣的村民们一齐朝这边望了过来，于是他马上着急地摆着手小声说道："不是不是，我买我买。"

中国人一听，回答道："不买也没关系，光看看也行。"说着把背上的包裹拿下来放到了路中间。山男觉得这个中国人的红眼睛黏糊糊的，像蜥蜴一样，看上去骇人极了。

不一会儿，中国人已经麻利地解掉系包裹的黄色绑带，打开了包裹。他揭开一个箱盖，从摆在绸缎上面的很多纸盒子中间拿出了一个小小的红色药瓶。

"哎呀，他的手指真细啊。指甲也那么尖，实在太可怕了。"山男心里暗想。

中国人接着又拿出两个小指粗细的玻璃杯，把其中一个递给山男。

"喂，你把这个喝了怎么样？它没有毒，绝对没有毒，可以喝的。我先喝给你看，不用担心。我喝啤酒，喝茶，就是不喝毒药。这是长生不老药。喝吧！"说着，中国人自己一口气把杯子里的东西喝了下去。

真的可以喝吗？山男犹豫地四周望了望，骤然发现自己不知什么时候已经不在城里，而是和那个红眼睛的中国人来到了如天空一般广阔的碧绿草原上。两个人正隔着行李相对而立，黢黑的身影倒映在草地上。

"来吧，喝下去！这可是长生不老药啊，喝吧！"中国人伸出尖尖的手指不停劝说着，山男实在难以推却，心想那就喝完以后马上离开他吧，于是一口将药喝了下去。刚喝完，他就惊奇地发现，自己身体一点儿一点儿变小变扁，本来的凹凸形状也消失了，仔细一看，不知不觉中变成了滚落在草地上的一个小盒子。

"受骗了！混蛋！还是被他骗了。刚才就觉得那长长的指甲很奇怪。混蛋！完全上了他的当！"山男后悔极了。他想要反抗，可是自己变成了一盒小小的六神丸，已经无计可施了。

那个大喜过望的中国人兴奋地蹦跶起来，不停地跺着脚掌，嘭嘭的脚掌声就像鼓声似的一直向原野尽头传去。

之后，那个中国人的大手掌突然伸到山男面前，一下子把山男拎到高处，不一会儿又把他扔进了行李箱中的纸盒之间。

"哎呀……"还没等山男回过神来，行李盖子就砰地合上了。合是合上了，美丽的阳光还是能从行李缝隙中透进来。

"到底还是进来了。不过，太阳依旧在外头普照大地呢。"山男想要平抚心中自艾自怨的忧伤，正自言自语地说着，周围突然变得更暗了。

"啊，他把行李包上了。这可惨了，接下来我就得跟着他摸黑上路了。"山男尽量想让自己镇静下来。

就在这时，山男旁边也出乎意外地有人说话了。

"你是从哪里来的？"

山男起先吓了一跳，但心里马上明白了："哈哈，六神丸这东西，原来都是像我这样被人用药变成的呀。这下总算明白了。"

于是，他运足丹田之气大声回答："我是从鱼店跟前来的。"

话刚说完，外边的中国人咬牙切齿地喝道："太吵了！安静！"

山男刚才就对那个中国人憋了一肚子气，现在更是怒不可遏。

"什么？你胡说什么？毛贼！等你进了城，我马上就大喊'这个中国人是坏蛋'，看你怎么办！"

外边的中国人不说话了，真的好一会儿没吭一声。山男猜想，那个人说不定现在正双手捂着胸口在哭呢。这么看来，以往那些在山口上或是林子里撂下行李苦思冥想的中国人，大概都被人这么骂过吧。想到这里，他反而变得可怜起那个中国人来了。山男正想告诉他自己刚才说的只是气话，就听到那个中国人嘶哑的声音在外边可怜巴巴地说："你那样做太没有同情心了吧。那是在断我的生意，要我饿着肚子等死啊。你真是太没有同情心了。"

山男觉得那个中国人实在太可怜了，心想还是让他用自己的身体换六角钱来住店、吃顿沙丁鱼头和菜叶汤吧。于是说道："中国人，好啦，别哭了。进城以后我不出声行了吧？放心好啦。"

说完之后，他听到外边的中国人好像终于摸了摸胸口松了口气，还听到他砰砰地跺了跺脚。随后中国人背起行李又上路了，里面装药的纸盒开始相互碰撞起来。

　　"喂，刚才和我说话的是谁啊？"

　　山男问后，旁边马上有人回话了："是我啊。咱们接着说吧。既然你是从鱼店跟前过来的，那一定知道现在一条鲈鱼多少钱，还知道十两能买多少张晒干的鱼翅吧。"

　　"噢，鱼店里现在好像没有那些东西啊，不过有章鱼。那章鱼脚的样子可漂亮了。"

　　"嘿，那么好的章鱼啊？我最喜欢章鱼了。"

　　"是啊，谁都不会讨厌章鱼的。连章鱼都讨厌的人一定是个不正经的家伙。"

　　"言之有理，世界上没有比章鱼更漂亮的东西了。"

　　"没错。对了，你到底是从哪里来的？"

　　"我吗？上海。"

　　"那么说，你也是中国人啦。中国人要么被变成药，要么把别人变成药到处叫卖，太可怜了。"

　　"并非如此。在这一带到处叫卖的中国人净是些像姓陈的那样下贱的家伙，但是真正的中国人中有许许多多卓越的优秀人物。我们可都是圣人孔子的后代呢。"

　　"我不明白你说的话。你刚才说外边那个人姓陈？"

　　"是啊。唉，热死了，最好能把盖子打开。"

　　"嗯，我来试试看……喂，老陈，里边要热死人了，让我们透透气吧。"

"再等一会儿。"老陈在外边说道。

"再不透透气，我们就都闷死了，那可是你的损失啊。"

这一来，老陈急急忙忙地回话了："可是那样太麻烦了，你们忍耐一下吧。"

"没法再忍了。谁愿意闷死啊？可是这样下去不闷死才怪呢。快打开盖子！"

"再等二十分钟就好了。"

"唉，真没办法。只好请你再走快点啦。这里只有你自己吗？"

"不，还有很多。大家都在一个劲儿地哭呢。"

"那些家伙怪可怜的。姓陈的太坏了，我们还能变回原来的样子吗？"

"可以的。你还没有完全变成六神丸，如果吃了解药就能变回去。你旁边不是有个装黑药丸的瓶子吗？"

"真的？那就吃这个药，我马上就吃。但是，你们不能吃吗？"

"不能吃。不过，请你吃了药变回原样之后，把我们浸在水中好好揉一下，然后我们就可以吃解药变回原样了。"

"是吗？好，这事我来办，一定让你们大家都恢复成原样。解药是这瓶，它边上那个瓶里装的就是使人变成六神丸的药水吧。可是刚才姓陈的也和我一起喝了这种药水，为什么他没有变成六神丸呢？"

"那是因为他同时吃了解药。"

"啊，是吗？如果姓陈的只吃解药会变成什么呢？难道没有改变的正常人会再变回到更原始的状态？这事怎么想都很奇怪呀。"

就在这时，外边传来了老陈的声音："这可是中国的绸缎啊！客官，您买块中国的绸缎吧？"

"哈哈，又来那一套了。"山男轻声说道，心里觉得很好笑。突然，行李盖打开了，光线亮得睁不开眼，但山男还是强睁眼睛转头一看，只见老陈面前站着个短发刘海的女孩。

老陈一手捏着一粒解药伸向嘴边，一手把一杯药水递给女孩，嘴里说着："来吧，喝下去！这可是长生不老药啊，喝吧！"

"又来了，又来了，又开始诓人了。"行李中有人说道。

"我喝啤酒，喝茶，就是不喝毒药。快喝吧！我先喝给你看。"

这个时候，山男悄悄吃了一粒解药。刚吞下去，嗖嗖嗖嗖……山男完全变回了原来的样子，又有了一头红发和彪悍的身材。老陈正要把解药和药水一起吃下去，被山男吓得弄洒了药水，只把解药吞了下去。啊，出事了！老陈的脑袋眼看着变大了一倍，身体也拉长了。只听他哇地大叫一声，向山男扑了上去。山男缩紧身子拼命奔逃起来，但不管怎么跑，好像也拉不开距离，最后终于被老陈一把抓住了。

"救命啊……"山男大叫起来。

这时，他的眼睛睁开了，原来是做了一场梦。

亮晃晃的白云挂在天空，温暖的干草地散发着阵阵清香。

山男发了一会儿呆，看了看干草地上山鸟发亮的羽毛，又想了想把六神丸纸盒子浸到水中去揉的事，突然打了个哈欠，说道：

"咳，混蛋，什么老陈啊六神丸的，全都留在梦里吧！"

然后他又打了一个哈欠。

鹿 舞 起 源

那时，红色的夕阳透过西方一片闪亮的云层，照耀在苔藓原野上，芒草像白色的火焰般摇曳发光。我很累，刚躺下睡着，就听到沙沙的风声越来越像人语。不一会儿，那人声开始对我讲起了在北上的山中或原野上举行的鹿舞的真正精神。

　　当山里还只有高高的杂草和黑色的树木时，嘉十和爷爷他们就从北上川东岸来到这里，开垦了一块小小的田地，种起了小米和稗子。

　　有一次，嘉十从栗子树上摔下来，把左边的膝盖摔坏了。那时，大家都是去西山温泉的一个小屋中疗伤的。

　　在一个阳光明媚的日子，嘉十出门了。他背着粮食、大酱和锅，一瘸一拐地穿越已经长出银色穗子的芒草，慢慢吞吞地走着。

　　穿过一条条小河和石滩，眼前的山脉轮廓越来越大，也越来越清晰。当终于来到一个可以看清山上一棵棵杜松苔的地方时，太阳已经西沉，十来棵绿色的赤杨树顶上泛着刺眼的绿光。

嘉十把背上的行李扑通一声扔到草坪上，拿出七叶树籽和小米饭捏的饭团吃了起来。原野上大片大片的芒草随风起舞，掀起了白色的波浪。嘉十边吃边看着芒草丛中的一棵笔直的、黑黑的赤杨树，心想，它可真是高大啊！

嘉十虽然拼命走了很久，但还是觉得不太饿，所以，他吃剩下了七叶树果实大小的饭团。

"剩下的饭团就留给小鹿吧。来啊，小鹿，吃呀。"嘉十自言自语地说着，把饭团放在梅花草的白花下。然后背起行李，又慢慢吞吞地上路了。

可是走了一段路，嘉十发现自己把手帕忘在了刚才休息的地方，于是匆忙转身往回走。那棵黑色的赤杨树看起来很近，走回去的话，耽误不了多久。

可是嘉十却突然站住不动了。

因为那里确实出现了小鹿的身影。

至少有五六只小鹿，挺着湿漉漉的鼻子，静静地走着。

嘉十小心地不触碰芒草，蹑手蹑脚地踩着藓苔悄悄地走过去。

小鹿真的是过来品尝刚才的饭团的。

"啊，小鹿们来得真快啊。"嘉十把笑声憋在嗓子里自言自语道。他弯下身子，悄悄地往那边挪去。

嘉十从一丛芒草背后探了探头，又慌忙缩了回来。他刚才休息的那片草地上，六只小鹿正围成一圈咕噜咕噜打转。嘉十屏住呼吸，通过芒草间的缝隙窥视着。

太阳正好悬在那棵赤杨树上方，树梢闪耀着怪异的绿光，让人觉得就像一个绿色的动物，直挺挺地站在那里俯视着鹿群。阳光下的芒草穗子上跳跃着银光，小鹿这一身的皮毛被映衬得格外美丽。

嘉十小心翼翼地单腿跪着，高兴地看得入了神。

虽然小鹿们围成一个大圈咕噜咕噜走着，但仔细一看便可发现，它们好像都在注视着圆圈的中央。因为它们的脑袋、耳朵和眼睛都朝着中间，还时不时摇摇晃晃地从圆环迈出两三步，想要向那里靠近，就像是受到了什么吸引似的。圆圈中间当然放着刚才嘉十留下的饭团，但是吸引小鹿们注意的却绝对不是饭团，而是落在草地上的折成了三角形的白色手帕。嘉十用手把疼痛的腿弯过来，在青苔上坐下了身子。

小鹿们转圈的速度渐渐慢了下来，轮流迈出前腿伸向圆圈中间，眼看就要脱离圆圈时，却又好像吓了一跳似的缩回原来的地方。嗒、嗒、嗒、嗒……小鹿轻捷地跑着，悦耳的鹿蹄声响彻原野的黑土深处。之后小鹿们停止转圈，一起走到放手帕的地方站住了。

嘉十忽然觉得耳朵嗡嗡作响，身体也随之开始了剧烈震颤。鹿群那犹如草穗随风飘荡般的感觉，正化作波浪向他袭来。

嘉十真的对自己耳朵产生了怀疑，因为他仿佛听见了小鹿们的交谈声。

他听到了这样的交谈："那么，我去看看吧。"

"别动，太危险了，还是再等一等吧。"

他还听到了这样的对话："犯不着像狐狸上次那样嘴太馋中了圈套呀，这不就是个饭团子嘛。"

"对啊对啊，就是嘛。"

小鹿们纷纷议论："不知道是不是一个小动物。"

"嗯，确实有点像个小动物。"

终于，其中一只小鹿下定决心，挺直身子从圆圈中走出来，向中间地带走了过去。

大家都停下来看着它。

走过去的小鹿使劲儿伸长脖子，绷紧四条腿，蹑手蹑脚地靠近嘉十的手帕，突然像受到了惊吓似的蹦了起来，一溜烟地逃回了圆圈中。

周围的五只小鹿正想四散奔逃，但是见那只鹿停下了脚步，这才放下心来，慢吞吞地聚到那只鹿跟前。

"看到什么了？那个白色的、长长的东西是什么呀？"

"就是个全是竖褶子的东西。"

"那就不是小动物啦。是个蘑菇吧？大概是个毒蘑菇？"

"不，不是蘑菇。看上去还是个小动物。"

"是吗？一个动物长着皱纹，那一定是个上了年纪的动物吧。"

"嗯，是个年老的哨兵。哇哈哈哈！"

"呵呵呵，是个脸色苍白的士兵。"

"哇哈哈哈！脸色苍白的士兵。"

"这次我去看看。"

"去吧，不要紧的。"

"它会不会咬住我？"

"不会的，没关系。"

于是，又有一只小鹿小心翼翼走了过去，剩下的五只摇晃着脑袋看着它。

走过去的小鹿害怕得直哆嗦，四只脚战战兢兢缩在一起，身体一会儿弓起来，一会儿伸开来，小心翼翼地前进着。

好容易走到离手帕一步远的地方，它伸长脖子用鼻子努力地闻了闻，突然跳起来逃了回来。周围的鹿正想四散奔逃，但是见那只鹿停下了脚步，这才放下心来，又一起把脑袋凑到了那只鹿跟前。

"看到什么了？为什么要逃回来？"

"它好像要咬我。"

"到底是什么？"

"我也不知道。反正它有白色蓝色两种花纹。"

"气味呢？有没有什么气味？"

"有一种柳树叶子的味道。"

"那它喘气吗？有没有呼吸？"

"那个嘛……我没来得及注意。"

"这次，我去看看。"

"去看看吧。"

第三只小鹿也是小心翼翼地靠近着。这时，突然有一阵风吹得手帕微微动了一下，那只正在靠近的小鹿大吃一惊，停住了脚步。大家也吓了一跳。不过那只小鹿总算冷静下来，继续畏畏缩缩地前行，终于，它的鼻尖触到了那块手帕。

这边的五只小鹿互相点了点头，赞许地看着它。突然，那只小鹿猛地扬起两只前腿，掉转身子逃了回来。

"怎么跑回来了？"

"真是太可怕了。"

"是在喘气吗？"

"咳，没有听到呼气的声音，它好像没有嘴。"

"有脑袋吗？"

"我也没看清有没有脑袋。"

"如果是这样，那这次我去看看吧。"

第四只小鹿起步了。它也是提心吊胆地前进着，但还是坚持走到手帕跟前，仿佛下定最大决心似的用鼻子碰了碰，却马上又一缩身子，迅速地逃了回来。

"哦，它很柔软。"

"像泥一样软吗？"

"不太像。"

"像草一样软吗？"

"不太像。"

"像萝藦一样软吗？"

"不，比萝藦要硬一点儿。"

"那它到底是什么呢？"

"反正是个活的东西。"

"果然是个动物。"

"嗯，它还有一股汗臭味。"

"我也去看一看吧。"

第五只小鹿又蹑手蹑脚地上去了。这只小鹿的动作实在滑稽可笑，它先把头对着手帕完全垂了下去，然后摇了摇头，摆出一副仔细琢磨的样子。其他五只小鹿看得蹦蹦跳跳地笑了起来。

这一来，那只小鹿得意地伸出舌头，舔了舔手帕。舔完之后，它又突然感到害怕起来，于是吃惊地张大嘴巴，垂着舌头，一阵风似的跑了回来。大家都惊讶不已。

"哎呀，被咬了吗？疼不疼啊？"

"噗，噜噜噜噜噜……"

"舌头被咬下来了吗？"

"噗，噜噜噜噜噜……"

"怎么了？怎么了？到底怎么了？"

"唉，我的舌头好像变短了。"

"你舔到什么味道了？"

"什么味道也没有。"

"是不是活的东西啊？"

"我也没搞清楚啊，这次换你去看看吧。"

"好。"

最后一只小鹿也战战兢兢地去了。大家都觉得很有意思，晃着脑袋望着它。那只小鹿先低下头把手帕闻了又闻，然后满不在乎似的一下子叼起手帕跑了回来。这一来，小鹿们都蹦蹦跳跳欢呼起来。

"哎呀，太好了！太好了！只要把它抓住，就没什么可怕的了。"

"这家伙是晒成干的大鼻涕虫吧。"

"啊，我要唱歌，大家快围过来吧。"

那只小鹿走进大家中间唱起歌来，其他小鹿围着手帕转起了圈子。

在原野的中心地带，

我们得到了意外收获，

那是可口的饭团子，

还有旁边的，

脸色苍白的士兵。

脸色苍白的士兵软绵绵的，

不叫也不哭，

身体细长摇摇晃晃，

不知道哪里是嘴哪里是头，

这大概是晒成干的蜗牛吧。

小鹿们围成圈子,如同旋风般边跑边舞,时而用鹿角戳戳手帕,时而用鹿蹄踩踩手帕。嘉十可怜的手帕沾满了泥土,不一会儿便到处是破洞了。

小鹿转圈的速度渐渐慢了下来。

"哦，我们要吃饭团啦。"

"哦，煮过的饭团！"

"哦，圆圆的饭团！"

"哦，快点快点！"

"哦，太棒了！太棒了！"

"哦，好多啊。"

说着说着，圆圈队形散开了，小鹿们冲着饭团围了上去。

从最先到达的小鹿开始，每只鹿品尝一口饭团，第六只小鹿只吃到了黄豆粒大小的一口。

吃完之后，小鹿们又重新围成一个圆圈转了起来。

嘉十全神贯注地沉浸在小鹿的欢快气氛中，感觉自己似乎也成了一只小鹿，几乎想要跳出来加入到鹿群中去。但他立刻看到了自己那双大手，意识到自己不可以那么做，只好又重新屏住呼吸不动了。

太阳此时正好挂在赤杨树的树梢间，闪耀着微黄的柔和光芒。小鹿们的圈子转得越来越慢，互相频频点头，最后朝着太阳排成一列，直挺挺地站着，仿佛在向它膜拜。嘉十看得如痴如醉，仿佛是在梦中一样。

最右边的小鹿小声歌唱起来：

赤杨树上，

翠绿色的叶子，

太阳公公，

笑嘻嘻地站立着。

那歌声美妙得如同是从水晶笛子中吹奏出来的，嘉十闭上眼睛，感动得颤抖起来。右边第二只小鹿忽然一跃而起，柔软的身躯犹如波浪一般，穿梭在小鹿中间，不时地向太阳颔首致意。当再次回到自己位置上时，它又突然止步，开始唱道：

太阳公公，

照射着赤杨树，

闪耀着光芒，

如铁一般。

啊，嘉十也朝着光芒四射的太阳和赤杨树跪拜起来。右边第三只小鹿上上下下不停地点着头，欢快地歌唱道：

太阳公公，

就算落到赤杨树对面，

那银色的芒草，

还是如此耀眼。

满眼的芒草真的像是燃烧着的白色的火焰。

金光闪闪的，

高高的芒草，

在赤杨树脚下，

倒映着长长的影子。

第五只小鹿低垂着头，小声吟唱起来：

太阳公公，

落到了芒草之下，

广袤的草原上，

连蚂蚁都不爬行。

唱到这里，所有的鹿都低下了头。第六只小鹿突然扬起脖子，歌唱道：

> 金光闪闪的芒草根部，
> 悄悄绽放出了，
> 那梅花形的，
> 爱与终结。

之后，小鹿们不约而同发出笛声般的短促鸣叫，又开始跳跃着激烈地转起圈来。

北方吹来了飕飕的冷风，赤杨树真的像破碎的镜子一般开始闪烁出光芒。叶子和叶子仿佛相互碰撞着发出沙沙的声响，就连草穗都好似混在小鹿群中一起转起了圈子。

嘉十已经完全忘记自己并不是小鹿，"好啊！跳啊！跳啊！"他边喊边从芒草背后蹦了出去。

小鹿们吓了一跳，一时惊得直立起身子，随后就像被风吹散的树叶似的斜着身子奔逃起来。它们穿过芒草的银浪，冲散夕阳下闪烁的光波，远远地、远远地疾驰而去。它们穿行之后的芒草犹如静谧的湖面，又在夕阳下泛起了粼粼波光。

嘉十苦笑着捡起沾了泥、开了孔的手帕，也继续向着西方走去。

对了，对了，这些就是在夕阳下布满苔藓的原野上，我从清澈的秋风那儿听来的。

双 子 星

1

银河西岸看得见两颗马尾草孢子大小的星星，那就是双子星——琼瑟童子和宝瑟童子所居住的小水晶宫。

两座晶莹剔透的水晶宫相对而立。到了晚上，两位星君必定回到宫中，和着空中传来的《环游星空之歌》，整夜端坐着吹奏银笛。这就是两位孪生星君的使命。

一天早上，当炽热的太阳庄严地摇动着身体从东方升起时，琼瑟童子放下银笛，对宝瑟童子说道："宝瑟，不用吹了吧，太阳都升起来了，云朵也已经那么洁白光亮。今天我们到西方原野的天泉去玩吧？"

宝瑟童子还在全神贯注地眯着眼睛吹奏银笛，于是琼瑟童子走出宫殿穿上鞋子，踏上宝瑟童子宫殿的台阶又说了一遍："宝瑟，不用吹啦！东边已经满天通亮，下界的小鸟也都醒来了。今天我们到西方原野的天泉去玩吧？去用风车放出云雾，再甩出小彩虹来，好不好啊？"

宝瑟童子终于清醒了过来，急忙放下笛子说道："啊，琼瑟，真是抱歉。原来天都这么亮啦！我现在就去穿鞋子。"

于是宝瑟童子穿上白贝壳做的小鞋，和琼瑟童子一起高高兴兴地唱着歌，向着空中银色的草原飞去。

> 天上的白云啊，
>
> 快将太阳所经之路清理干净，
>
> 铺洒美丽的霞光。
>
> 天上的青云啊，
>
> 快将太阳所经之路的石块搬走，
>
> 深深地埋入地下。

不多会儿，兄弟俩来到了天泉边。

如果是晴朗的夜晚，下界也能清楚地看见这眼天泉，它被蓝色的小星星环绕着，离银河西岸还有段路程。泉底平铺着蓝色石子，清澈的泉水从石缝间汩汩涌出，从泉潭一端变为一条涓涓细流汇入银河。不知你还有没有印象，干旱时节，经常能见到干瘦的夜鹰和杜鹃默默地仰望这条天泉，惋惜地咽着口水。任何鸟儿都无法飞到那里，不过天上的大乌星、蝎子星和兔子星却是想去就能去的。

"宝瑟，我们先在这儿造个瀑布吧。"

"好啊！我去搬石头。"

琼瑟童子脱下鞋走进小溪，宝瑟童子开始在岸上收集合适的石头。

这时，空气中充满了苹果的芳香，那是西方空中银色的残月吐出的气息。

突然，原野深处传来嘹亮的歌声：

> 银河西岸不远有口井，
>
> 井水清亮亮，
>
> 井底光灿灿，
>
> 碧蓝的星星环绕四周，
>
> 不管夜鹰、猫头鹰还是松鸦、白颈鹤，
>
> 就是想来也来不了！

两个童子一起叫道："啊，是大乌星！"

只见天空中的芒草被沙沙地拨开，大乌星身披漆黑的天鹅绒斗篷，穿着黑色的天鹅绒细筒裤，正晃动着肩膀，慢吞吞地从对面大步走来。

大乌星看到他们俩，停下脚步彬彬有礼地鞠了一躬。

"琼瑟童子、宝瑟童子，你们好啊！今天真是个好天啊。不过也许是天气太好了，加上昨晚我扯着嗓门唱了一夜歌，所以喉咙有点儿干。打扰你们啦。"大乌星说着把头伸进了泉里。

"没关系，请多喝点儿！"宝瑟童子答道。

大乌星把头扎在泉水里咕咚咕咚喝了三分钟,气都不喘一口。然后他抬起头眨眨眼,甩干了头上的水。

　　这时,对面又传来了粗犷的歌声。大乌星听着听着变了脸色,身体也剧烈抖动起来。

　　　南天的红眼蝎子星,

　　　毒钩和大钳威力无穷,

　　　只有呆头鸟才不知道他的厉害。

　　大乌星气得火冒三丈。

　　"是蝎子星那个混蛋!他老是嘲讽我是呆头鸟。瞧着吧,要是他过来,看我不把他那双红眼挖掉!"

　　琼瑟童子忙劝道:"大乌星,你可不能那样做,天帝会知道的。"

　　正说着,红眼的蝎子星已经从对面走了过来。只见两只大钳子慢悠悠地晃动着,长尾巴咔啦咔啦地拖在地上,那声响在寂静的天野中回荡。

　　大乌星气得浑身发抖,眼看就要向蝎子星冲过去了。双子星拼命打着手势拦住了他。

　　蝎子星瞟了大乌星一眼,爬到泉边说道:"哎呀,真的好渴啊!双子星,你们好啊!打扰了,我想喝口水。咦?这水怎么有股土腥气?好像是哪个黑乎乎的笨蛋把头伸进去了。唉,没办法,将就点儿吧。"

　　说完咕咚咕咚一口气喝了十分钟,带毒钩的尾巴对着大乌星啪嗒啪嗒敲打着地面，俨然在戏弄大鸟星。

这一来大鸟星忍不住了，他张开翅膀叫道："喂，蝎子星！你这家伙刚才就一直在骂我'呆头鸟'，赶快给我道歉！"

蝎子星终于从水里抬起头，红红的眼睛中仿佛有火焰在燃烧。

"哼，谁在说胡话哪？是那个红色的家伙，还是灰色的呀？要不要尝尝我的毒钩啊！"

大鸟星听了更是火冒三丈，禁不住飞起来大叫道："胡说八道！太嚣张了吧！小心我让你倒栽葱摔到天那边去！"

蝎子星勃然大怒，迅速转过庞大的身躯，将尾巴上的毒钩刺向天空。大鸟星一个腾起避过毒钩，随即伸出长矛般的尖嘴，对准蝎子星的脑袋俯冲下来。

琼瑟童子和宝瑟童子还没来得及阻止，蝎子星头上就被深深地扎了个窟窿，大鸟星的胸口也被毒钩刺伤了。两个家伙扭打在一起，呻吟着晕了过去。

蝎子星的血咕嘟咕嘟流到空中，白云都染成了猩红色。

琼瑟童子急忙穿好鞋子叫道："不好了，大鸟星中毒了，得赶快帮他吸出来！宝瑟，你帮我使劲按住大鸟星！"

宝瑟童子也穿上鞋匆忙绕到大鸟星背后，用力按住了他的身子。琼瑟童子刚将嘴挨上大鸟星胸前的伤口，宝瑟童子忙说道："琼瑟，千万不能把毒血咽下去！如果不马上吐出来会很危险的。"

琼瑟童子默默地从伤口吸出毒血吐掉，反复吸了六遍，大鸟星才终于苏醒过来，微微张开了眼睛。

"唉，真抱歉。我是怎么了？记得那个混蛋明明已经被我打败了嘛。"

琼瑟童子说道："快到泉水那边洗洗伤口吧，你还走得动吗？"

大乌星颤颤巍巍站起来。一眼看见蝎子星，又气得颤抖着身体说道："混蛋！天空的毒虫！你能死在天空真是便宜你了！"

两个童子连忙将大乌星带到泉水边洗清伤口，又对着伤口吹了两三口香气。

"好啦，你走慢点儿，趁着天亮赶快回家吧。以后千万别再这么干了，天帝肯定都会知道的。"

大乌星垂头丧气地耷拉着翅膀，不停地向两个童子鞠躬。

"谢谢！谢谢你们！我以后会注意的。"说完，拖着沉重的脚步，朝银色芒草遍布的原野走去。

两个童子接着查看蝎子星的伤势。见他头上伤口虽深，但血已经止住了，于是他们打来泉水将伤口清洗干净，然后轮流向伤口吹起气来。

当太阳升到天空正中时，蝎子星终于微微睁开了眼睛。

宝瑟童子擦着汗问："你感觉怎么样？"

蝎子星慢慢地嘟囔道："大乌星那伙死了吗？"

琼瑟童子有点儿生气了："你自己都差点儿死了，怎么还念着那件事？赶快打起精神回家吧，天黑前回不去就麻烦啦。"

蝎子星目光一反往常地说道："二位童子，帮忙帮到底，麻烦你们送我回家好吗？"

宝瑟童子答道："那就送你回去吧！来，抓紧我。"

"也抓紧我。不赶紧走的话，天黑前就回不到家，今晚也来不及环游夜空了。"琼瑟童子也说道。

蝎子星抓着两个童子摇摇晃晃向前走，但他实在太重了，把两个童子的肩膀都压弯了。蝎子星的个头几乎有双子星的十来倍大呢。

兄弟俩累得满脸通红，一步一步向前挪着步子。

蝎子星尾巴刺啦刺啦拖在碎石地上，呼哧呼哧吐着难闻的粗气，摇摇晃晃地走着，一小时连一公里都走不了。

蝎子星不仅身体沉重无比，而且两把钳子夹得又紧又疼，双子星的肩膀和胸膛渐渐都没有了感觉。

天野上白光闪闪。他们已经走过了七条小溪和十片草原。

两个童子头昏脑涨，连自己是在站着还是走着都分不清了，但他们依旧默默地一步步挪动着脚步。

六个小时过去了，距离蝎子星家还有一个半小时路程，可太阳眼看就要落下西山了。

"能再快点吗？我们俩必须在一个半小时内赶回家。你是不是很难受，很痛？"宝瑟童子问道。

"是啊。没多少路了，请二位发发慈悲吧。"蝎子星哭道。

"嗯，是不远了。伤口痛得厉害吗？"琼瑟童子强忍着自己肩胛骨碎裂般的痛楚问道。

太阳庄严地晃动了三下后，落入了西山。

"我们再不回去就来不及了。怎么办啊！有谁在附近吗？"宝瑟童子叫道，可是天野上一片寂静，没有任何回音。

西边的云彩一片通红，蝎子星眼里仿佛也盛满了悲伤的红光。

星星们身着银铠唱着歌曲，已经明晃晃地显现在远方。

"发现一颗星星啦，我会成为富翁的！"下界的一个孩子望着天空大叫道。

琼瑟童子说："蝎子星，就快要到了，能再走快点儿吗？你累不累啊？"

蝎子星伤心地说道："我真的是一点儿劲都没有了。只剩下一点儿路了，请你们再帮帮我吧！"

小星星，小星星，

单独一颗不露面，

千颗万颗数不清。

随着下界的孩子们的歌声，一片漆黑的西山之上，星星们忽闪忽闪地在茫茫天穹中露出脸来。

琼瑟童子的背脊都快被压折了，他说道："蝎子星，我们今晚误了时间，肯定会被天帝责骂的，弄不好还会被流放。可是你如果回不到平时的地点，那可就闯大祸了。"

"我已经快累死啦，蝎子星。请你再加把劲快点儿赶回去呀！"宝瑟童子终于支持不住，话没说完就一头栽倒在地。

蝎子星哭道："请你们原谅！我真是个混蛋，简直比不上你们一根头发。今后我一定洗心革面，好好反省，我保证！"

这时，闪电身穿浅蓝色的耀眼外套，放射着炫目的电光迎面飞来。他向双子星施了一礼，说道："兹奉天帝之命前来恭迎二位。

请抓紧我的斗篷，我即刻带二位回宫。刚才天帝不知何故圣颜甚悦。还有你这个蝎子，怎么总是那么令人厌恶！给，这是天帝赐给你的疗伤药，赶快吃了吧！"

童子们叫道："蝎子星，再见啦！快点把药吃下去吧。可别忘了你刚才的保证，一定要做到哦！再见！"

兄弟俩说完一起抓住闪电的斗篷。蝎子星跪拜在地，吃下药丸后，再次恭恭敬敬地叩头谢恩。

闪电又开始不停地放射电光，转瞬之间，他们已经回到之前的泉水旁。闪电说道："请好好洗个澡，天帝还赐给你们新的衣服和鞋子了呢。快洗吧，还有十五分钟。"

双子星兄弟开心地在清澈凉爽的泉水中洗浴，然后穿上芳香扑鼻的青色罗衣和洁白光亮的新鞋，顿时觉得神清气爽，疼痛和疲劳一下子消散得无影无踪。

"好，走吧！"闪电说完，兄弟俩又抓紧了他的斗篷。但见眼前忽然闪起一道紫光，再定睛一看，两个童子已经站在自己宫殿前，而闪电却不见了。

"琼瑟童子，赶快准备吧！"

"宝瑟童子，赶紧准备吧！"

两个童子走进各自宫殿，对面端坐，拿出了银笛。

恰在此时，四面八方响起了《环游星空之歌》：

红眼睛的蝎子星，

大张翅膀天鹰星，

蓝眼睛的小犬星，
盘曲明亮天蛇星。

引吭放歌猎户座，
洒下露水与白霜；
渺茫星云仙女座，
恍若鱼儿张口吟。

大熊座中五颗星，
连成脚爪向北伸；
且看小熊额头上，
环游星空循此行。

伴着曲子，双子星兄弟也吹奏起笛子来。

2

银河西岸看得到两颗很小很小的蓝色星星，那就是琼瑟童子和宝瑟童子这对双子星。他们住在各自的小小水晶宫里，两座宫殿相对而立。晚上，兄弟俩肯定会回到宫中端坐，和着空中传来的《环游星空之歌》整夜吹奏银笛。这就是两位孪生星君的使命。

一天晚上，天空乌云密布，云层下面哗啦啦地下着大雨。双子星兄弟如往常一样，面对面地端坐在各自的宫殿里吹奏银笛。突然，粗鲁的大彗星闯来，对着兄弟俩的水晶宫呼呼地喷出一片青白色的光雾。彗星说道："喂，双胞胎蓝星星，出去转一圈怎么样？今晚这种天气，用不着那么卖力啦！就算遇难船只的船夫想靠星星确定方向，云层这么厚，也什么都看不见啊。天文台的观测人员今天也放假了，这会儿正在打哈欠呢。那些经常观测星星的小学生平日里争强好胜，一下雨，也只能在家里无精打采地画画吧。就是你们不吹笛子，星星们还是会照常运行。怎么样？出去转转吧。明晚之前我一定把你们带回来。"

琼瑟童子放下笛子说道："天帝当然会允许我们阴雨天不吹笛子，可我们觉得吹笛子是一件很有趣的事。"

宝瑟童子也放下笛子说道："不过天帝不会允许我们这个时候外出的，因为不知道什么时候会云散天开呀。"

彗星又说道："不用担心！天帝以前对我说过：'哪个晚上天阴了，就带那对双胞胎兄弟出去转转吧。'走啊！走啊！我可是非常好的玩伴呀。你们知道吗？我的外号叫'空中之鲸'，无论是沙丁鱼那样的小星星，还是青鳞那样的黑色陨石，我都能大口大口地吞进肚里。还有一件最痛快的事，就是笔直飞过去，再突然来个急转弯，又笔直飞回原地。急转弯的时候，身体咯吱咯吱简直像要散掉似的，连我发光的骨头都咯噔咯噔作响。"

宝瑟童子说："琼瑟，那我们走吧？看来天帝已经允许我们现在外出了。"

琼瑟童子问："天帝真的允许了吗？"

彗星说道："哼，如果我说谎，就让我脑袋开花，从头到尾碎成一片片的，掉进海里变成海参！我怎么可能说谎！"

宝瑟童子追问彗星："你敢向天帝发誓吗？"

彗星信口答道："当然敢发誓啦。听着！天帝明鉴，今天我是遵照您的命令带双胞胎蓝星星出去游玩的。怎么样？行了吧？"

弟兄俩齐声道："嗯，行了。那我们走吧！"

彗星煞有介事地说道："那你们赶快抓住我的尾巴，要抓紧啊。好了吗？"

兄弟俩紧紧地抓住彗星的尾巴，彗星呼地吐出一口青光，喊道："好喽，出发！嗞嗞嗞呼……嗞嗞嗞呼……"

彗星果然不负"空中之鲸"之名，所到之处，弱小的星星纷纷四散而逃。飞了很久，两个童子的宫殿越来越远，最终变成了青白色的小小光点。

琼瑟童子说道："已经飞出不少路了，还没到银河落向下界的出口吗？"

一听这话，彗星的态度陡然一变。

"哼，银河落向下界的出口？还是先去瞧瞧自己掉下去的出口吧！一、二、三！"

彗星狠狠甩了两三下尾巴，又回过头来猛地喷出一股白雾，将两个童子吹了下去。

双子星兄弟一下子掉进了蓝黑色的虚空里。

"啊哈哈！啊哈哈！刚才的誓言全部作废。嗞嗞嗞呼……嗞嗞嗞呼……" 彗星边说边朝着反方向飞驰而去。琼瑟和宝瑟在下落中紧紧抓住对方的胳膊，因为不论落到哪里，他们都想永远在一起。

兄弟俩的身体进入大气层后，发出雷鸣般的巨响，摩擦出噼噼啪啪的红色火花，看着都令人头晕目眩。他们穿过漆黑的云团，箭一般坠入了波涛汹涌的黑暗大海中。

他们俩迅速下沉，奇怪的是却能在水中自由呼吸。

海底一片柔软的泥土上，一只巨大的黑色生物正在沉睡，密密麻麻的海草不断摇动着。

琼瑟童子说道："宝瑟，这就是海底吧。我们已经没法回到天上了，不知以后还会遭什么罪啊？"

宝瑟童子答道："我们被彗星骗了。他连天帝都敢骗，真是个可恶的家伙！"

这时，两人脚边一只发红光的五角形小海星说话了："你们是从哪片大海来的？身上还带着蓝色海星的标记呢！"

宝瑟童子答道："我们不是海星，是星星。"

海星一听，生气地说道："什么？星星？海星本来也都是星星呢。你们现在不还是落到这里来了吗？神气什么呀？不就是新来乍到的坏蛋嘛。干了坏事跑到这里，就没资格再显摆什么自己是星星啦！当初我们在天上的时候，还是最好的军人呢！"

宝瑟童子伤心地向上望去。

雨已经停了，乌云全部散去，海面平静得像玻璃一般，天空看得清清楚楚。银河、天空之井、天鹰座、天琴座全都一览无余，连两个童子小小的水晶宫也清晰可见。

"琼瑟，天空多清晰啊，就连我们的水晶宫都能找到。可是我们竟然都变成海星了。"

"宝瑟，没办法。现在我们就在这里向天上的星星们道别吧！虽然见不到天帝，但我们还是必须向他道歉。"

"天帝陛下，永别啦！今天开始，我们就要成为海星啦。"

"天帝陛下，永别啦！我们两个傻瓜上了彗星的当。从今天开始，我们就要在黑暗海底的烂泥中爬行了。"

"天帝陛下，天上的星星们，永别啦！祝你们繁荣昌盛！"

"星星们，还有至高无上的天帝陛下，永别啦！祝你们永远幸福。"

许多红色海星将双子星兄弟团团围住，七嘴八舌地吵嚷起来："喂，把衣服给我！""喂，把剑交出来！""快点缴税！""再变小一点儿！""帮我擦鞋子！"……

这时，一只黑色的庞然大物吼叫着从双子星和海星们头上游过，海星们慌忙鞠躬行礼。那黑色的大家伙正要游走，突然停下来仔细打量了双子星一番。

"哈哈！是新兵啊，还没学会怎么行礼吧。你们难道不认识我这条鲸吗？知道吗？我的外号是'海中彗星'！无论是沙丁鱼那样的小鱼，还是青鳞那样的瞎眼鱼，我都能大口大口地吞进肚里。还有一件最痛快的事，那就是笔直游过去，咕噜一下划个圆圈转身，再笔直游回来。慢慢转身的时候，我身体里的油都好像变得黏糊糊的啦。对了，你们带着逐出天庭的裁决书吧，快点拿出来！"

兄弟俩面面相觑。琼瑟童子答道："我们没有那种东西。"

鲸一听勃然大怒，呸地吐了一口水。海星们吓得脸色大变，站立不稳，只有琼瑟和宝瑟坚持直立在那里。

鲸脸色狰狞地说道："没带裁决书？臭小子！看看他们这些家伙，不论在天上做了多大的坏事，到我这儿来还没有不带裁决书的。你们真是岂有此理！哼，看来只好把你们吞进肚里了！你们觉得如何？"鲸张开大嘴摆好架势，海星和附近的鱼儿们唯恐受到牵连，有的钻进泥里，有的一溜烟地逃走了。

这时，对面游来一条闪着银光的小海蛇，鲸顿时惶恐万分，急忙闭上了嘴。

海蛇盯着双子星的头顶看了半天，感到十分惊奇。

"你们这是怎么了？我觉得你们不像做了坏事被逐出天庭的星星啊。"

鲸插嘴道："这两个臭小子还没带逐出天庭的裁决书呢。"

海蛇狠狠瞪了鲸一眼，说道："闭嘴！少在这儿摆威风！你怎么敢把这两位星君称作臭小子？难道没看到行善之人头上的光环吗？如果是恶人，一眼就能看到他那头顶上有个开了口的黑影。两位星君，请到这边来，我带二位去见海蛇王。喂，海星，把灯点上！鲸，别再这么胡闹了！"

鲸被训斥之后挠了挠头，磕头受教。

令人惊奇的一幕发生了，泛着红光的海星整整齐齐地排成两列长队，俨然道路旁的两排路灯。

"二位，我们走吧。"海蛇甩了甩白发，恭敬地说道。弟兄俩跟在海蛇后面，从两队海星之间穿了过去。不一会儿，乌蓝色的水光中出现了一座巨大的白色城门，只见大门自动打开，一群威武的海蛇出城迎接，将双子星兄弟引到了海蛇王面前。

海蛇王是一位蓄着白色长髯的老者，他微笑着说道："你们是琼瑟童子和宝瑟童子吧。久仰大名！上次二位冒着生命危险使蝎子星改邪归正的义行，我们这里也有耳闻。我已命令将你们的事迹编进这里的小学课本。这次的无妄之灾，想必使二位受惊了吧？"

琼瑟童子答道："您真是过奖了。我们现在已经无法回到天上，如果可以的话，我们想留在这里为大家效力。"

海蛇王说道："不不，您如此谦虚，令我不胜惶恐。我会尽快命令龙卷风送二位重返天界。回到天界之后，还请向天帝转达海蛇一族的问候。"

宝瑟童子高兴地问道："原来您认识天帝陛下啊？"

海蛇王慌忙从椅子上站起来答道："不，我怎么能与天帝相提并论！天帝是我唯一的王，很久很久以前就是我的老师，我只是他的一个愚钝仆人而已。看来我这样说，二位或许还不太理解，但想必不久就会了解我的意思。那么，就让龙卷风在天亮前送二位返归天界吧。来人呀，一切都准备好了吗？"

一个海蛇侍从答道："龙卷风已经在门前听候吩咐。"

于是，双子星恭恭敬敬对海蛇王行礼告辞："祝陛下身体健康！我们一定会在天上再次向您道谢。祝愿您的王宫荣光永存！"

海蛇王起身回礼道："祝愿二位放出更加璀璨的光辉！一路顺风！"

海蛇侍从们随之一起恭敬地鞠躬送行。

两个童子出了城门，只见龙卷风正盘卷着银色的身子打盹儿。一名海蛇侍从将兄弟俩扶到龙卷风头上，他们紧紧地抓住了龙卷风的角。

这时，许多发着红光的海星拥过来，叫道："再见！请代我们向天帝问好！拜托你们向天帝求情，饶恕我们的罪过吧。"

两人一同答道："我们一定会的。希望不久之后大家能在天空重逢！"

龙卷风缓缓立了起来。

"再见！再见！"

龙卷风刚从黑色的大海中探出头来，周围顿时响起噼噼啪啪的巨响，只见他卷着海水一跃而起，箭一般地向高空飞去。

离天亮还有不少时间，银河已经近在咫尺，两个童子的宫殿也已清晰可见。

"请看一下那边。"漆黑的夜幕中，龙卷风忽然开口道。

两个童子转头一看，只见那颗发着蓝白光的巨大彗星已经从头到尾碎裂开来，发疯般地惨叫着，闪光的碎片正散落到黑色的大海里去。

"那个家伙会变成海参的。"龙卷风平静地说。

天空传来《环游星空之歌》，两个童子也回到了自己的宫殿。

龙卷风放下兄弟俩，说道："再见！祝你们健康快乐！"然后又风风火火地回海里去了。

双子星兄弟走进各自宫殿正襟危坐，向看不见的天帝禀告：

"我等麻痹大意，今晚擅离职守多时，本属罪不容赦，却不料仍蒙陛下洪恩，获救重返天庭。感恩之余，谨向陛下转达海蛇王的无尽尊崇之意，以及众海星期盼宽恕之热望。我等也向陛下祈求，如若可能，还望赦免海参之罪。"

禀告完后，两个童子拿起了银笛。

东方的天空已经变成金色，天就要亮了。

贝 之 火

兔子们已经换上了茶色的短衫。

阳光在草叶上跃动，四周的桦树开满了美丽的白花，整个原野弥漫着一股醉人的芬芳。

小兔子霍莫活蹦乱跳地说道："啊，好香啊！太棒了，太棒了！铃兰什么的吃起来真是又香又脆！"

一阵风袭来，铃兰的枝叶与花朵轻碰在一起，发出丁零零的响声。

霍莫更加高兴了，气都不喘一口地在草地上奔跑起来。

玩了一阵，他停下来抱着胳膊，喜滋滋地说道："我真像是在小河的波浪上表演杂技呀！"

不知何时，霍莫正好来到了一条小河边。冰冷的河水哗哗地流着，水底下的细沙闪闪发光。

霍莫稍稍低下头，自言自语道："要不要跳到河对岸去呢？不过去了也没什么意思，对面的青草看起来可不好吃。"

突然，一阵尖厉的叫声伴随着击水声从上游传来："扑噜噜噜，叽叽叽，扑噜噜噜，叽叽叽！"只见一只羽毛蓬乱的灰色小鸟挣扎着被水冲了过来。

霍莫急忙跑到水边，目不转睛地盯着小鸟，等着他漂过来。

被河水冲下来的是一只瘦小的云雀宝宝。霍莫猛地跳入河中，两只前爪使劲抓住了云雀宝宝。

可是云雀宝宝却越发惊恐，黄色的小嘴大张着，尖利的叫声震得霍莫的耳朵都快聋了。

霍莫急忙后腿拼命蹬水，一边说着"没事儿，别怕"，一边看了看云雀宝宝的脸。一看之下，大吃一惊，两只前爪差点儿松开。这只云雀宝宝实在太丑了，小脸上布满了皱纹，嘴巴不但大得出奇，还有点儿像蜥蜴。

幸亏霍莫一向胆大，并未松手，他虽然惊得忍不住直咧嘴，但仍然紧抓着云雀宝宝，高高地托出水面。

河水将他们冲出去好远。霍莫两度被浪头淹没，呛进去很多水，但他始终没有松开抓着云雀宝宝的手。

幸好转弯处有一株小杨树的树枝伸在水面上，被水击打得啪啪作响。

霍莫用力咬住树枝，把树皮都咬得露出了绿色的内瓤。随后他用尽全力将云雀宝宝扔到岸边柔软的草地上，自己也一跃跳上了岸。

小云雀瘫倒在草地上，眼睛翻白，浑身不停地发抖。

霍莫虽然也累得摇摇晃晃，连站都站不直，但还是强撑着扯来一些白色的杨树花，盖在了云雀宝宝身上。云雀宝宝好像想要答谢似的，抬起了灰色的小脸。

但霍莫一瞅见那张脸，立刻吓得向后跳开，惊叫着逃跑了。

这时，一个东西突然箭一般从天上落了下来。霍莫停下脚步扭头一看，原来是云雀妈妈。云雀妈妈一言不发，浑身颤抖着将宝宝紧紧抱在怀中。

这下霍莫觉得云雀宝宝应该安全了，便一溜烟跑回家中。

家里，兔妈妈正在整理白色的草束，见到霍莫狼狈的样子，吃惊地问："哎呀！你这是怎么了？脸色这么难看！"说着急忙从架子上取下药箱。

霍莫答道："妈妈，我刚才救了一只快被淹死的羽毛乱蓬蓬的小鸟。"

兔妈妈从药箱中取出一剂万能药粉递给霍莫，问道："羽毛乱蓬蓬的小鸟？是云雀吗？"

霍莫接过药，回答道："应该是云雀吧。哎呀！我头好晕啊。妈妈，怎么周围的东西好像都在打转……"话没说完，霍莫啪的一声倒下了。他发起了高烧。

霍莫在爸爸、妈妈和兔医生的精心照料下恢复健康时，铃兰已经结出了绿色的果实。

一个静谧无云的夜晚，霍莫终于又走出了家门。

南方的天空中，不时有红色的星星斜斜地划过天际。霍莫正望得出神，忽然空中传来啪啪啪拍打翅膀的声音，只见两只小鸟飞了下来。

大的那只小心翼翼地将一个发着红光的圆东西放在草地上，恭恭敬敬地行了一个礼："霍莫大人，您真是我们母子的大恩人！"

借着那圆东西的红光，霍莫仔细辨认着对方的脸，问道："你们是先前的那两只云雀？"

云雀妈妈答道："对，上次真是太谢谢您了，多谢您救了小儿一命。听说您还因此大病了一场，现在好了吗？"

母子俩向霍莫鞠了好几个躬，然后说道："那天得您救助后，我们每天都在这一带徘徊，希望能够再次遇见您。这是我们国王陛下赠送给您的礼物。"云雀妈妈将刚才那个闪着红光的东西推到霍莫面前，解开包在外面的一层薄如轻雾的手帕，只见里面是颗七叶树果实大小的珠子，火光正在其中闪烁着。

云雀妈妈说道："这颗宝珠名叫'贝之火'。国王陛下让我告诉您，它会在您手中变得更加明亮璀璨。请您一定要收下它！"

霍莫笑道："云雀妈妈，我不需要这样的东西，请您带回去吧。这么美丽的宝珠，看一眼就觉得很满足了。如果以后想看的话，我再去找你们。"

云雀妈妈说："不，请您一定要收下，因为这是我们国王陛下的赠礼。如果您不收下，我跟儿子就得剖腹自杀。来，孩子，我们这就走吧，给恩人行个礼。告辞了。"云雀母子又连鞠了几个躬，急忙飞走了。

霍莫拿起宝珠仔细端详。那宝珠看上去十分美丽剔透，虽然好像有红色和金色的火焰在其中不断跳动，但摸起来却是冷冰冰的。透过它望向天空时，里面的火焰便消失了，可以很清晰地望见银河。再将它从眼前挪开，就又可以看见其中跳动的火焰。

霍莫小心地捧着宝珠回到家中，立刻拿给兔爸爸看。兔爸爸拿起宝珠，摘下眼镜仔细观察了一番，说道："这就是有名的宝物贝之火啊，它可是十分珍稀。据说到现在为止，只有两只鸟和一条鱼能在一生中十分完美地保有这件宝物。你要小心，千万不能让它失去光泽。"

霍莫应承道："没问题，我绝不会让光泽消失的。这些话云雀也说过。我以后要每天对着它呵一百口气，再用红雀的羽毛擦上一百遍。"

兔妈妈也拿着宝珠仔仔细细看了又看，她说道："这个宝珠据说十分容易损坏，但我也听说，已故的鹭大臣拥有它时，一次由于火山大喷发，鹭大臣奔忙各地指挥鸟儿避难期间，宝珠被无数的巨石击打过，也被通红的岩浆冲刷过，但没有出现一条裂痕，也没有变得黯淡无光，反而比以往更加美丽了。"

兔爸爸道："是的，这可是个有名的故事。霍莫将来一定也能成为像鹭大臣那样声名远播的人物。但是你一定要记住，千万不可心存恶念。"

霍莫有些困倦了，他一骨碌爬到床上，答道："没问题，我一定能做到。妈妈，把宝珠给我吧，我要抱着它睡觉。"

兔妈妈将宝珠递了过去，霍莫将它抱在胸前，很快进入了梦乡。

当晚，霍莫做了一个美梦。梦中，黄色和绿色的火焰在天空中燃烧，原野上草丛映成一片金黄，数不清的转子莲像蜜蜂似的在空中嗡嗡飞舞。德高望重的鹭大臣披着银色斗篷在原野上巡视，风儿将他那闪着银光的斗篷吹得不停摆动。霍莫兴奋地连连叫道："哇！太棒了！太好了！"

第二天早上，霍莫七点就醒了。他睁眼后第一件事就是去看宝珠，宝珠变得比昨晚更加美丽。霍莫盯着宝珠自言自语道："看见了！看见了！这里是火山口，嘿，喷火了，喷火了，真好玩！好像烟花一样。哎呀哎呀，火越喷越多，分成了两条火带，真美啊！真像烟花！真像闪电！呀！又喷出来了一大股！全都变成金黄色的了！太美了，太美了！哎呀，又喷火了！"

兔爸爸这时已经出门，兔妈妈微笑着端来了美味的白草根和绿色的蔷薇果。

"好啦，快去洗脸，今天你最好稍微出去活动一下。哎呀，真是漂亮，让妈妈看看，等你洗完就还给你。"

"好啊。这个宝珠是咱们家的，自然也是妈妈的。"霍莫说完起身走到家门口的铃兰前，从叶子尖儿上取下六颗大露珠，把脸洗得干干净净。

吃过早饭，霍莫对着宝珠呵了一百口气，用红雀羽毛将它擦了一百遍，又用红雀的胸毛仔细包好，放进了一直用来装望远镜的玛瑙盒里。他把盒子交给兔妈妈，然后走出了家门。

一阵轻风袭来，草叶上的露珠纷纷坠落，风铃草摇起了晨钟：当当当、当当当……

霍莫蹦蹦跳跳地来到白桦树下。

这时，从对面走过来一匹老迈的野马。霍莫有些害怕，正打算掉头回家，老马却恭恭敬敬地鞠了个躬，说道："您就是霍莫先生吧？听说这次贝之火已经交到您的手上啦，真是可喜可贺！上次宝珠传到兽类手上，还是一千二百年以前的事。唉，我早上听到这个消息时，真是激动得泪流满面！"老马边说边簌簌地掉起了泪。

霍莫呆住了，看到老马哭得伤心，自己也不由得鼻子发起酸来。老马掏出一块包袱皮大小的淡黄色手帕，擦了擦眼泪。

"您是我们的恩人，请多多保重。"说完又恭恭敬敬地鞠了个躬，向远处走去。

霍莫又惊又喜，感慨万千，不觉走到了接骨木树荫下。那里有两只年轻的小松鼠正在亲密地分享着一块白年糕。看到霍莫，他们吓得站了起来，慌慌张张地理了理衣领，拼命想把白年糕吞下去，谁知却被噎得直翻白眼。

霍莫像往常一样对他们打招呼："早啊，松鼠君！"两只小松鼠却僵在那儿，一句话都说不出来。

霍莫急忙接着说道："松鼠君，今天也一块儿去哪儿玩吧？"松鼠吃了一惊，瞪着圆滚滚的眼睛互瞅了一眼，飞快地转身跑了。

霍莫呆住了，面色沮丧地回到家中。

"妈妈，大家变得好奇怪啊，松鼠们都不和我玩儿了。"

兔妈妈笑道："那是自然的，你现在是知名人物了，松鼠们大概有些害羞吧。所以呢，你以后要更加注意，可别做出让人笑话的事来。"

霍莫答道："没问题！这么说，我是不是已经成为动物们的头领啦？"

"对！"兔妈妈高兴地应道。

霍莫兴奋地跳了起来。

"太棒了！太棒了！大家都要听我的了，再也不用害怕狐狸什么的了。妈妈，我要封松鼠做少将，还有老马，就让他做上校！"

兔妈妈笑道："好啊。不过架子可不能太大哦！"

"不会的。妈妈，我要出去一下。"说着，他就向原野飞奔而去。

这时，一只经常欺负霍莫的狐狸风一般地从他眼前掠过。霍莫虽然吓得发抖，但还是壮着胆子叫道："站住！狐狸，我可是你的头领！"

狐狸大吃一惊，扭头一看，立刻变了脸色。

"是，遵命。请问头领有什么吩咐？"

霍莫尽力摆出威风凛凛的架势说道："你这个家伙以前老是欺负我，这回成了我的仆人啦！"

狐狸一副吓得要晕倒的样子，将手举在头上，求饶道："啊，真对不起，请您饶了我吧！"

霍莫高兴得心口怦怦直跳。

"那我就特别开恩，饶你一次。封你做个少尉，要好好干！"

狐狸高兴地连转了四圈，说："好的，好的。多谢霍莫大人。我一定赴汤蹈火，在所不辞。我去给您偷些玉米来吧。"

霍莫阻拦道："不行，这是干坏事。我不准你干坏事！"

狐狸挠了挠头，说："好吧，今后我一定不干坏事。一切都听您的吩咐。"

霍莫满意地说："很好！有事我会传唤你的，你可以走了。"狐狸转了几圈，鞠完躬便离开了。

霍莫高兴极了，在原野上来回蹦跳着，一会儿自言自语，一会儿又哈哈大笑。在他想象着以后各种各样的美事时，太阳已经像破碎的镜子般沉入了白桦林。霍莫急忙赶回家中。

兔爸爸已经回来了。晚餐十分丰盛。当天夜里，霍莫又做了一个美梦。

接下来这天，兔妈妈让霍莫拎着竹篮去原野上采铃兰的果实。他一边采一边嘟囔道："唉，哪有让头领自己亲手采果子的？要是有人看见了，肯定会嘲笑我的。要是狐狸在这里就好了。"

忽然，霍莫感到脚底下有什么东西在动。一看，原来是鼹鼠正在地下慢慢打着洞前进。霍莫大喊道："鼹鼠，鼹鼠，胖鼹鼠。你知不知道我现在已经是大人物了？"

鼹鼠在土中答道："是霍莫大人吗？我已经知道了。"

霍莫傲慢地说道："是吗，那就好！现在我就任命你为军曹，但是你得为我工作。"

鼹鼠战战兢兢地问："好的，需要我为您做些什么呢？"

霍莫立刻下令道："去给我采些铃兰的果实来。"

鼹鼠听了在土中直冒冷汗，边挠头边说道："真是十分抱歉，我在亮处实在做不了事。"

霍莫怒喝道："竟敢不听我的命令？好吧，那你就不用干了。

以后走着瞧，够你受的。”

鼹鼠再三道歉："请您原谅我吧！如果长时间暴露在阳光下，我可是会死的。"

霍莫生气地跺着脚说道："好了，好了，住嘴吧！"

就在这时，从对面的接骨木树荫下蹦出五只小松鼠，他们蹿到霍莫面前，一个个把头低下来，对霍莫说道："大人，就让我们来为您采摘铃兰的果实吧。"

霍莫高兴地说："好啊，去干活吧。我把你们都封为少将！"

松鼠们立刻兴奋地干起活来。

这时，对面又跑来六匹小马停在霍莫面前，其中最大的那匹说道："霍莫大人，您有什么事需要我们来做吗？"

霍莫喜出望外地答道："好啊，现在你们就是我的上校了。我召唤你们的时候，一定要赶过来！"小马们一听，高兴地蹦了起来。

鼹鼠在土里哭着哀求道："霍莫大人，请您也吩咐一些我做得了的事情吧，一定给您办好！"

然而霍莫却怒气未消，他跺着脚道："你就不需要啦，下回狐狸来了，我让他好好收拾一下你们，等着瞧吧！"

地底下顿时静了下来，再也没有传来鼹鼠的声音。

到了傍晚，松鼠们采来许多铃兰的果实，闹哄哄地送到了霍莫家里。

兔妈妈被这声音惊动，急忙出来一看，惊讶地问道："哎呀！这是怎么回事，松鼠君？"

霍莫在旁边插嘴道："妈妈，这是给您瞧瞧我的本事。不管什么事我都能办好！"

兔妈妈没有回答，默默地沉思着。

这时，兔爸爸回来了。他仔细打量了一下眼前的阵势，问道："霍莫，你是不是昏了头？听说鼹鼠被你狠狠地吓得在家里哭作一团呢！还有，这么多铃兰果，谁吃得完？"

霍莫哭了起来。松鼠们过意不去地站在那儿瞧了一会儿，最后都偷偷溜走了。

兔爸爸又训斥道："你现在真是太不像话了！去看看贝之火吧，它一定已经黯淡无光了。"

在一旁落泪的兔妈妈用围裙轻轻拭去眼泪，从架子上取下装着宝珠的玛瑙盒。

兔爸爸接过盒子打开一看，不由得大吃一惊。

宝珠竟比前天晚上显得更加赤红，里面的火焰也燃烧得更加剧烈了。

一家人盯着宝珠愣住了。兔爸爸默默地将宝珠交给霍莫，开始吃饭。霍莫不知何时已停止哭泣，大家又恢复了好心情，说说笑笑地吃完饭，就上床休息去了。

到了早晨，霍莫又来到了原野上。

这天也是个好天气，不过铃兰被采去果实之后，叶子已经不再像以前那样发出丁零零、丁零零的声音了。

狐狸从远方绿色原野的尽头赶来，停在霍莫面前问道："霍莫大人，听说您昨天让松鼠去采摘铃兰的果实了，不知道他们干得怎么样？今天我为您带来了一样好吃的。那东西金灿灿、软绵绵的，恕我失礼，霍莫大人，那可是您未曾见过的食物呀。还有，昨天您吩咐过，要我把鼹鼠狠狠地教训一顿。那些家伙平时就爱偷懒，干脆把他们都轰到河里去吧！"

霍莫答道："还是饶了鼹鼠吧。今天早上我已经决定宽恕他们了。不过，你刚才说的那个好吃的，带点儿来给我看看。"

"好的，好的！请您稍等十分钟，只要十分钟。"狐狸说完便一阵风似的跑掉了。

霍莫高声喊道："鼹鼠，鼹鼠，鼹鼠，本头领已经原谅你们了，别再哭了。"

但是土中还是一片寂静。

这时，狐狸又从远处跑了过来。

"请您尝尝。这东西被称为天堂里的天妇罗[1]，是最高档的食物！"说着，他掏出偷来的面包片献给霍莫。

霍莫尝了一口，觉得好吃极了，便问道："这么好吃的东西是哪种树上结出来的？"

狐狸扭过脸，嘿嘿奸笑道："是从'厨房树'上长出来的！那树的名字叫厨房。您要是觉得好吃，我每天都摘点儿带给您。"

霍莫答道："那你就每天给我送三片，记住了吗？"

狐狸露出一副十分明白的样子，眨着眼睛说道："好的，知

1　天妇罗：裹上鸡蛋面粉糊后油炸而成的一种日本食品。

道了。不过作为交换，以后我偷鸡时，您可不能阻止！"

霍莫应道："行。"

"那么我再去把今天的那两片拿过来。"说着，狐狸又一阵风似的跑掉了。

霍莫想象着将面包片带回家送给爸爸妈妈时的情景，爸爸应该也没吃过这么好吃的食物吧，我真是孝顺啊。

狐狸又叼来两片面包片放在霍莫面前，匆忙说了声"再见"就跑开了。

"狐狸每天到底在干些什么啊？"霍莫一边嘟囔着，一边带着面包片回到了家里。

今天兔爸爸、兔妈妈都在屋前晒铃兰的果实。

霍莫掏出面包片说道："爸爸，我带好吃的回来啦。给您，请您尝尝！"

兔爸爸接过面包片，摘下眼镜仔细一看，生气地说："你是从狐狸那儿弄来的吧。这是偷来的东西！这样的食物我可不吃！"说着，兔爸爸一把夺过霍莫刚要递给兔妈妈的那块面包片，连同自己手里的一起摔到地上，一脚就踩成了碎渣。

霍莫哇哇大哭起来，兔妈妈也跟着一起落泪。

兔爸爸来回踱着步子，怒道："霍莫，你变得越来越不像话了。去瞧瞧宝珠吧，现在肯定已经碎掉了。"

兔妈妈流着眼泪取出了盒子。宝珠在阳光的照射下，里面的火焰仿佛要腾空而起一般，熊熊燃烧着。

兔爸爸将宝珠递给霍莫，沉默了下来。霍莫凝视着宝珠，不知不觉止住了泪水。

过了一天，霍莫再次来到了原野上。

狐狸跑过来，迅速将三片面包片交给了霍莫。霍莫赶忙回到家中，将面包放到厨房的架子上，接着又回到了原野。仍等在那里的狐狸说道："霍莫大人，我们去做点儿好玩的事吧！"

霍莫问道："什么好玩的事？"

狐狸答道："我们去教训一下鼹鼠如何？那些家伙真是这片原野上的祸害，而且都是大懒虫。不过既然您已经说过要原谅他们的话，今天只要不出声地看着就行了，让我去教训他们一下，好吗？"

霍莫说道："好吧，既然是祸害，那就给他们点儿教训吧！"

狐狸四处嗅来嗅去，又咚咚咚地踩踩地面，最后将一块大石头掀了起来。只见下面一下子露出了大大小小八只鼹鼠。鼹鼠们吓得一句话都说不出来，浑身抖个不停。

狐狸恶狠狠地叫道："快，赶紧给我滚出来！再不出来就把你们全部咬死！"说着还用脚咚咚咚地跺着地面。

"饶了我们吧，饶了我们吧！"鼹鼠一家一边哀求，一边伺机逃跑。但是他们眼睛看不见东西，腿脚也不好使，只得四条腿原地在野草上乱扒拉。

最小的小鼹鼠已经肚皮朝天，好像断了气一般。

狐狸龇牙咧嘴地恐吓着，霍莫也在一旁跺脚驱赶着鼹鼠。就在这时，传来一声怒喝："你们两个家伙，在做什么！"

狐狸吓得在地上转了四圈，一溜烟地跑掉了。霍莫一看，原来是兔爸爸赶来了。

兔爸爸急忙将鼹鼠一家放进洞中，大石头搬回原处。接着一把揪住霍莫脖子，气冲冲地将他拽回了家。

兔妈妈跑了出来，哭泣着想要阻止兔爸爸教训霍莫。兔爸爸怒斥道："霍莫，你太不像话了！宝珠今天肯定已经碎掉了，拿出来看看吧！"

兔妈妈拭去泪水，又一次将玛瑙盒取了出来。兔爸爸将盒盖掀开一看，惊得目瞪口呆。贝之火从没有像今天这样美丽过。红色、绿色、蓝色……五颜六色的火焰仿佛在互相厮打似的剧烈燃烧着，忽而好像地雷爆炸，忽而仿佛狼烟四起，忽而犹如划破天际的闪电，忽而好似汩汩流淌的鲜血。刹那间宝珠的颜色又是一变，青色的火焰一举占领了整个空间，火焰中仿佛随风摇曳着虞美人、黄郁金香、蔷薇、梓木草……

兔爸爸沉默地将宝珠递给霍莫，霍莫很快就止住了泪水，他注视着贝之火，重新高兴了起来。

兔妈妈也终于放下心来，转身开始准备午饭。

兔爸爸提醒说："霍莫，一定要小心狐狸！"

霍莫满不在乎地答道："爸爸，不要紧的。狐狸算什么呀？我有贝之火！这宝珠既不会破碎，也不会黯淡。"

妈妈也附和道："是啊，真是一块美丽的宝石！"

霍莫得意地说："妈妈，这颗宝珠命中注定是属于我的。不管我做了什么，宝珠里的火焰都不会消失。何况我每天还要对着它呵一百口气，擦拭一百遍呢！"

兔爸爸忧虑道："果真如此就好了。"

当晚，霍莫做了一个梦，梦见自己单腿站在一座高高的锥形山顶上。

霍莫吓醒了，害怕地哭了出来。

又过了一天，早晨，霍莫再次来到原野上。

湿冷的雾气笼罩大地，花草树木寂静无声，连山毛榉的树叶也一动不动，只有那形似吊钟的风铃草在敲打着晨钟：当当当，当当当……声音响彻天际。最后的钟声过后，从远方又传来"当"的一声回音。

狐狸穿着短裤，叼着面包片跑了过来。

霍莫招呼道："早上好啊，狐狸。"

狐狸奸笑着说："一点儿都不好，昨天真是把我给吓坏了。霍莫大人的父亲可真是一个固执的人啊。不过后来怎么样了？很快就息怒了吧？我们今天再去干一件更有意思的事怎么样？您讨厌动物园吗？"

霍莫答道："不，我不讨厌。"

狐狸从怀中取出一张小网，说道："看，只要将网挂起来，不管是蜻蜓、蜜蜂，还是麻雀、松鸦，就算是个头再大的鸟都能捉得到。再将他们集中起来，不就建成一座动物园了吗？"

霍莫一想到动物园的样子，就觉得十分有趣。于是便对狐狸说："那就动手吧！不过，能行吗？这么一张小网真能抓得住鸟？"

狐狸狡黠地答道："当然没问题。您赶快先把面包送回家吧，这段时间我就能捉到一百只！"

霍莫立刻拿着面包跑回家中，将面包放到厨房的架子上后，又匆忙赶回了原野。

大雾中，狐狸已经将网挂在了一棵桦树上，正张大嘴笑着。

"哈哈哈，快来看，我已经捉到四只了。"狐狸指着一口不知从哪里弄来的大玻璃箱，对霍莫叫道。

玻璃箱中果真关着松鸦、黄莺、红雀和金翅雀，四只鸟儿正拍着翅膀跳来跳去。

他们看到霍莫，好像松了口气似的静了下来。

黄莺隔着玻璃请求道："霍莫大人，请您帮帮我们吧！我们被狐狸捉住了，明天肯定会被他吃掉。求求您啦，霍莫大人！"

霍莫立刻就想将箱子打开。

狐狸突然变了脸，横眉怒目道："霍莫，住手！你要是敢打开箱子，我就立刻吃了你！你这个小偷！"

看到狐狸咧着大嘴恶狠狠的样子，霍莫害怕极了，一溜烟逃回了家。兔妈妈今天到原野上去了，家里空无一人。

霍莫十分不安，心扑通扑通跳得厉害，便想拿出贝之火看一看。他取出玛瑙盒打开了盖子。

宝珠中的火焰虽然还在熊熊燃烧，但不知是不是心理作用，霍莫总觉得宝珠上出现了针尖大小的一丁点白雾。

他担心得有些不知所措，于是像平时那样对宝珠不断呵着气，用红雀的胸毛轻轻擦拭着。

可是不管怎么擦都擦不掉那点白雾。这时，兔爸爸回来了，看见霍莫脸色不对，他问道："霍莫，是不是宝珠变暗了？你的脸色怎么这么难看？把宝珠交给我看看吧。"

兔爸爸举起宝珠，对着光看了看后笑道："没事，这点白雾很快就能擦掉。里边的黄色火焰比以前燃得更旺了。好了，给我点儿红雀的羽毛。"兔爸爸用红雀的羽毛开始使劲儿擦拭白雾，谁知白雾非但未能擦掉，反而越来越大了。

兔妈妈也回来了，她一言不发地从兔爸爸手中接过宝珠，对着光看了看后叹了口气，接着便一边呵气一边擦了起来。

一家三口默默地连连叹息，一个接一个拼命地擦着宝珠。

到了傍晚，兔爸爸忽然回过神来，起身道："先去吃饭！今天晚上用油把宝珠泡一夜再看看吧，听说这是最好的去污方法。"

兔妈妈惊叫道："糟了，我忘记做晚饭了。家里什么都没有，只剩下前天的铃兰果实和今早的面包片，对付着吃一顿吧。"

"嗯，这就行了。"兔爸爸答道。霍莫叹着气，将宝珠放回玛瑙盒里，直愣愣地盯着盒子发呆。

一家三口沉默无语地吃完了晚饭。

"用哪种油试试比较好呢？"兔爸爸说着，从架子上取下装着香榧油的瓶子来。

霍莫接过瓶子，将油倒进装着珠子的玛瑙盒中。一家人都没什么精神，便早早地熄灯睡了。

夜里，霍莫突然惊醒了。

他战战兢兢爬起来，小心地看了一眼枕边的贝之火。宝珠泡在油中，闪着鱼目般的银光，红色的火焰已经熄灭。

霍莫大哭起来。

兔爸爸和兔妈妈被哭声惊醒，起床点着了灯。只见贝之火已经变得像铅球那般暗沉。霍莫哭着将狐狸用网捉鸟的事告诉了兔爸爸。

兔爸爸十分惊慌，急忙穿上外套说："霍莫，你真是个混球！我也糊涂了。你就是因为救了云雀宝宝才得到这宝珠的，可不是像你前天说的什么命中注定就该拥有宝珠。快，赶快去原野。也许狐狸还在那儿张网捕鸟。你要豁出命来跟他搏斗！当然，爸爸也会帮你的。"

霍莫哭着站了起来，兔妈妈也哭着跟在父子俩后面追了出去。

大雾弥漫，黑夜即将过去。

狐狸果然还在桦树下张网捕鸟。他看见霍莫一家三口奔了过来，咧着嘴大笑起来。兔爸爸大吼道："狐狸，你总是欺骗霍莫。我要和你决斗！"

狐狸露出一副无赖的嘴脸，答道："哼，虽然把你们三个全吃掉也不是什么难事，但要是不小心把自己弄伤就划不来了，因为还有更好吃的食物等着我呢。"

说完，狐狸扛起玻璃箱就想逃跑。

"站住！"兔爸爸大喝一声，追上去按住了玻璃箱。狐狸被拽得踉踉跄跄，扔下箱子逃跑了。

只见玻璃箱中关着的一百来只小鸟正哭作一团，除了麻雀、松鸦和黄莺，还关着大个头的猫头鹰和云雀母子。

兔爸爸把箱盖打开，鸟儿们从箱子里飞了出来，他们跪在地上齐声谢道："多次承蒙相救，太感谢了！"

兔爸爸不好意思地说："不用谢。我们真是没脸再见大家，你们国王赠送的宝珠已经变得晦暗无光了。"

小鸟们一齐问道："啊，怎么回事？能让我们看看么？"

"好的，请随我来。"兔爸爸说着便领着鸟儿们向家走去。鸟儿们一只一只跟着兔爸爸，霍莫则垂头丧气地哭着走在最后。猫头鹰迈着大步慢吞吞地走着，不时回过头来用可怕的眼神望望霍莫。

大家来到了霍莫家里。

地板上、架子上、桌子上……家里所有的地方都站满了鸟。猫头鹰漫无目的地环视四周，不停地咳嗽。

兔爸爸取出已经变得和白石头没什么两样的贝之火，说道："你们看，已经变成这样子了。大家如果想笑的话，就尽管笑吧。"

这时，贝之火突然发出咔嚓一声脆响，裂成了两半，紧接着又噼里啪啦地乱响起来，冒出一股黑烟，碎成了粉末。

霍莫站在门口，"啊"地叫了一声，倒在地上。原来是宝珠的碎末溅到了他眼里。大家吓了一跳，正想到霍莫身边去时，宝珠的粉末又响起噼噼啪啪的声音。只见黑烟慢慢聚拢，那些粉末结成了一些漂亮的碎片，这些碎片又汇聚成两个大块，最后"啪"的一声合为一体，重新恢复成了原先的模样。宝珠仍旧像火山喷发般地燃烧着，颜色如夕阳般绚烂。这时，只听"嗖"的一声，贝之火从窗口飞了出去。

鸟儿们失望地陆陆续续离开了，只有猫头鹰还留在霍莫家中。

他毫不客气地四下望望，嘲笑道："才六天啊，嘿嘿，只有六天啊！嘿嘿……"说完便迈着大步，大摇大摆地走了出去。

霍莫的眼睛变得像宝珠那样灰白混浊，什么都看不见了。

兔妈妈一直不停地哭着。兔爸爸抱着胳膊沉思了很久，最终轻轻拍了拍霍莫的后背，说道："不要哭了，这种事并不少见。幸好你终于明白了道理，你的眼睛一定会好起来。爸爸会尽全力帮助你重见光明的。好了，别哭了。"

窗外，雾已散去。铃兰的叶子被阳光映照得闪闪发光，风铃草敲响了清脆的晨钟：当当当，当当当……

虔 十 公 园 林

虔十总是腰里系着根绳子，笑眯眯地在林间地头慢慢转悠。

看到雨中翠绿的灌木丛，他会高兴地直眨巴眼睛；瞅见蓝天里自由翱翔的山鹰，他便拍着巴掌，蹦着跳着去告诉大伙儿。

可是，村里的孩子们很瞧不起他。虔十总被他们笑话，渐渐地，想笑的时候也努力憋着。

看到一阵大风刮得山毛榉树叶一晃一晃地闪闪发光时，虔十喜上心头不能自已，想不笑又憋不住，实在没法子，只得拼命张大嘴呼哧呼哧喘着气，站在那里久久地仰望着那株山毛榉。

有时他会假装大张着的嘴边很痒，一边用指头挠着，一边像喘气似的"哈……哈……"地偷笑几声。

远远瞅着，虔十的确像是在挠腮帮子或是打哈欠，可凑近身边，不仅能听到他带笑的呼吸，连嘴唇抽动的样子也一目了然。见到这幅光景，难怪孩子们还是把他当作傻瓜来取笑。

只要母亲吩咐，虔十能一气挑来五百桶水，或者整天在田里拔草，可是母亲和父亲都很少吩咐他去干这些活。

虔十家后面有片荒地，还未开垦，面积足足相当于一个大运动场。

有一年，山上仍白雪皑皑，荒地里野草还未抽出新芽，家里人正在田里翻土，虔十突然跑来说："娘，给俺买七百株杉树苗吧。"

母亲停下手中挥动着的明晃晃的三齿锄，目不转睛地瞅着虔十问："七百株杉树苗？种在哪儿啊？"

"咱家后面的荒地呀。"

这时，虔十的哥哥说话了："虔十，那个地方，杉树苗就是种下去也长不大。你不如帮着翻翻土吧。"

虔十被说得很难为情，手足无措地低下了头。

父亲在一旁抹了把汗，直起身子说："给他买，给他买吧！咱虔十长这么大，还是头一回提要求呢。给他买！"

父亲这么一说，母亲也放下心来笑了。

虔十高兴极了，一溜烟地径直向家里跑去。

他从摆放农具的小棚子里拿出锄头，吭吭地刨起草来，开始挖坑准备栽杉树苗。

哥哥赶了过来，瞧见虔十正在忙活，便说："虔十，栽杉树得现挖坑现栽。你等到明天再挖坑吧，我现在就去买树苗。"

虔十难为情地搁下了锄头。

第二天，晴空万里，山上的积雪洁白晶莹，云雀飞得老高，"啾——啾——"地鸣唱着。虔十实在憋不住心里的高兴，嘻嘻地笑了起来。他按着哥哥的吩咐，从北边的地界开始挖坑。他挖的树坑笔直地连成一条线，间隔也恰到好处，哥哥一路跟着，在每个坑里栽下一株杉树苗。

这时，平二叼着烟管，冷得手揣在怀里，缩紧肩膀走了过来。平二在荒地北面有一块田，他虽然偶尔也干些农活，但最乐意的差事却是找碴儿。

平二冲着虔十说："喂，虔十，在这里种什么杉树呀？你小子可真够傻的。小心别把俺地里的日头给遮了。"

虔十不知所措地红着脸，想说什么又说不出来。

这时，虔十的哥哥在后边直起腰，说："平二兄弟，早上好啊！"

平二一听虔十哥哥开口了，嘴里嘟哝着慢吞吞地走开了。

笑话虔十在荒地上栽杉树的可不止平二一个人。

"杉树栽在那种地方，根本别想长大！"

"也不想想那地里都是硬黏土，傻子就是缺心眼儿！"

大伙七嘴八舌，都这么说。

事情果然被大伙说中了。开头五年，碧绿的杉树干还笔直地朝天伸长，但后来树冠渐渐变成球形，个头便不见长了，过了七八年仍然只有九尺来高。

一天早上，虔十正站在杉树林前，一个农夫对他开起了玩笑。

"喂，虔十，你咋不给杉树剪枝呢？"

"啥叫剪枝？"

"剪枝就是用刀把树干下方的枝子砍掉呀。"

"俺是该给它们剪枝啦。"

虔十跑回家取来了宽刃柴刀。

他从地头咔嚓咔嚓地砍起树干下方的枝杈来，不过由于杉树只有九尺高，虔十必须微微弯下身子，才能钻到树下边去砍。

到傍晚时分，每株杉树除了上边的三四根树枝外，其余的枝叶全被砍了下来。

浓绿色的枝叶把地上的矮草盖得严严实实，杉树林变得亮堂堂但又空落落的。

眼看着杉树林一下子变得空空荡荡，虔十不知怎么觉得有些难过，胸口仿佛也在作痛。

正巧哥哥干完农活回家来，看到杉树林的样子，不由得笑了起来。他对呆站着的虔十兴冲冲地说："嚯，这些树枝收拢起来，可是不少好柴火啊。林子也变得更像样啦。"

虔十这才放下心来，和哥哥一起钻到杉树下，把砍掉的枝叶全部收拢起来。

树下又露出了整齐的矮草，看上去真像仙人们对弈的棋盘。

第二天，虔十正在小棚子里拣生了虫的大豆，林子那边传来了热闹非凡的喧嚷声。

喊口令的声音、模仿喇叭的声音、踏步走的声音此起彼伏，哄然响起的笑声似乎把林中的鸟儿全都惊飞了。虔十吃了一惊，连忙跑过去看个究竟。

没想到那里有五十多个放了学的孩子，排成一路纵队，正步调一致地在杉树间行进。

的确，现在这一排排杉树，不论从哪儿穿过，都好像是走在林荫道上，而且杉树也好像身穿绿衣排着整齐的队列。孩子们高兴得没法说，个个小脸通红，像伯劳鸟似的叫着嚷着，在杉树间穿过。

这片行列齐整的杉树林很快就被起了名字，有人叫它东京大道，有人叫它俄罗斯大道，还有人管它叫西洋大道。

虔十也满心欢喜地躲在杉树后面，张大嘴哈哈地笑了。

从此以后，孩子们天天都会聚到这里来。

不来的日子只有雨天。

那一天，雨从苍茫迷蒙的天空淅淅沥沥地飘下，虔十浑身湿透，孤零零地站在杉树林边。

"虔十兄弟，今天是在给林子站岗啊？"一个穿蓑衣的过路人笑着说。

杉树已经结上了茶褐色的果实，清凉的雨珠从绿生生的枝头啪嗒啪嗒滴落下来。虔十大张着嘴呼哧呼哧地喘着，身上冒着热气，久久地站在雨中。

又一个浓雾弥漫的清晨，虔十在草场上走着走着，冷不丁撞见了平二。

平二四下仔细张望了一番后，摆出饿狼般狰狞的面孔嚷道："虔十，你小子给我把这片林子砍了！"

"林子咋啦？"

"它遮住俺地里的日头了。"

虔十低下头来没有吭声。什么遮住了平二地里的日头，杉树的影子充其量还不到五寸长呢，而且杉树好歹也挡住了南面吹来的强风啊。

"快砍，快砍啊！你要是不砍的话……"

"我不砍。"虔十仰起脸来，怯生生地说。他嘴唇哆嗦着，眼看就要哭出来了。这可是虔十生来第一回跟别人顶嘴啊。

平二见虔十这样老实巴交的人都不把自己的话当回事，顿时火冒三丈，冷不防伸出胳膊，啪、啪地狠狠扇了虔十几个耳光。

虔十用手捂着脸，一声不吭地挨着打，终于觉得周围变成一片煞白，人也踉踉跄跄起来。平二见势不妙，急忙抱着胳膊悻悻地走进大雾中去了。

那年秋天，虔十染上伤寒病死了。平二正好在十天前也因为同样的病死了。

不过，孩子们丝毫没有受到这些事情的影响，还是天天聚到林子里来。

闲言少叙。

却说第二年村里通了铁路，车站就修在虔十家东面三百来米的地方。到处建起了大陶瓷厂和缫丝厂。这一带的旱地水田转眼间都被一栋栋房屋取代，不知不觉间变成了一个小城镇。只有虔十那片林子不知怎么原封不动地保存了下来，杉树也终于长到一丈来高，孩子们还是天天聚到这里来。由于学校就建在林子边上，于是孩子们渐渐把这片树林和它南面的草地当成了操场的一部分。

虔十的父亲也已经满头白发。说来难怪，毕竟虔十死去快有二十年了。

这天，有位阔别故乡十五年的年轻博士返乡来了。他早年离开这个村子，如今在一所美国大学担任教授。

哪里还能找到昔日那些田野和森林的踪迹呢？镇上的居民也大都是外地迁来的陌生面孔。

尽管如此，有一天博士还是应那所小学的恳请，在礼堂里给学生们介绍了大洋彼岸那个国家的情况。

讲完后，博士和校长等人来到操场上，向虔十的林子走去。

看到林子，年轻的博士吃惊地几次扶了扶眼镜，终于自言自语似的说道："啊，这里可是一切如旧啊，树也长得跟以前一样，就是好像反而矮了点儿。小朋友们都在那里玩呢，里面仿佛就有我和昔日的小伙伴啊。"

博士突然回过神来似的，笑着对校长说道："这儿现在是学校的操场吗？"

"不是，这块地是对面那户人家的。不过，那家人一向不介意孩子们在里面玩，所以，林子简直就成了学校的附属操场了，但实际上并不属于学校。"

"真是不可思议啊，怎么会这样呢？"

"这里变成城镇以后，听说大伙都劝那户人家：'把地卖了吧，卖了吧。'可是那家的老人总是回答说：'这片林子是虔十留下的唯一念想，日子过得再紧巴，地无论如何也不能卖。'"

"啊，对了、对了，想起来了，是有这么个人。那个叫虔十的，我们都觉得他傻乎乎的，这个人总是呵呵地笑个不停，每天站在这里看着我们玩耍。听说这里的杉树全是他栽的呢。唉，我都分不清谁是聪明人谁是笨人了，真感到佛祖的神力无处不在啊。这里永远都是孩子们的美丽公园。怎么样？我们把这里命名为虔十公园林，原封不动地永远保存下去吧？"

"就按您的意思办吧。这样一来，孩子们不知该有多高兴呢！"

大家都同意这么做。

于是，在草坪正中央孩子们的这片林地前，树起了一座绿色橄榄岩的石碑，上面雕着：虔十公园林。

以前在这所学校读过书的孩子们，如今有的成了出色的检察官，有的当了军官，有的在大洋彼岸拥有了不算太大的农场，大家向学校寄来了很多信和汇款。

虔十的家人们都感动地流下了热泪。

杉树浓郁的绿色、枝叶舒爽的清香、夏日里的凉荫、月光下的草坪——虔十公园林一切的一切，从此以后会让成百上千、无法计数的人们明白，什么才是真正的幸福。

而杉树林呢，还跟虔十生前一样：下雨的时候，清凉的雨珠啪嗒啪嗒滴落在矮草上；出太阳的时候，林中便喷吐出新鲜清爽的空气。

茨 海 小 学

我到茨海的那片大野地去，是为了采集合适的火山弹标本，还为了弄清那里是否真有传说中的野生蔷薇[1]。你知道，蔷薇是生长在海边的植物，所以大家都说它不可能生长在离海三十里的野地里，更不用说那里和大海之间还隔着大山呢。但有人在报纸上举出三条理由，以此论证茨海那片野地在不太久远之前还是汪洋大海。第一条是茨海这个地名，第二条是生长着蔷薇这种植物，第三条是舔一下那里的土壤会有一点儿咸味。然而我觉得以上任何一条都不能成为证据。

　　我在那里始终没有找到蔷薇，然而不能因为我没有找到就断言那里没有蔷薇。相反，假如我找到了一枝蔷薇，那不就成为它存在于那里的证据了吗？所以，这事还是无法下结论。

1　蔷薇：生长在日本东北地区和北海道的一种落叶矮树植物，夏天开红花，结圆形果实。根可做染料。

火山弹倒是花了半天时间找到一个，虽然它边上有一点儿破损。

找是找到了，可最后又被逼得捐赠掉了。捐赠给谁了？给校长了呗。哪个学校？这个嘛，直说吧，是茨海狐狸小学。别吃惊啊，其实那天下午我还仔细参观了一下那所茨海狐狸小学呢。用不着那么奇怪嘛，这和被狐狸骗了可不一样。要是被狐狸骗了的话，那我看见的就不是狐狸，而是狐狸变的女人或者和尚了。可我看见的是实实在在的狐狸。如果把狐狸看成狐狸算是被骗的话，那把人看成人不是一样也被骗了嘛。

大概你奇怪的是，人的小学倒也罢了，可狐狸的小学是怎么回事呢？这其实没什么大不了的，听我接着说下去，你就会明白狐狸小学确实存在了。我可有言在先，说有这个小学，是说它确实存在于我的脑袋里。这绝非谎言，不是谎言的证据我正说着呢。如果听了之后按我所说的去想，狐狸小学也会出现在你脑袋里的。我有时会一个人在随便哪片原野上任意行走，但这样旅行之后会很疲劳，特别容易让我的算术变得很糟糕。你不妨听听这种旅行的故事，注意别老是走神啊。

那我接着往下说啦。其实，要是先不管那个长在满是荆棘和芒草的野地里的蔷薇，一开始就说参观狐狸小学的事就好了。从早上第一节课开始参观会更有参考价值，也更有趣，但刚才已经说了，我看的是下午的课，就是一点到两点之间的第五节课。那些狐狸小学生上课非常认真，虽然到了第五节课，也看不到一个有厌烦表情的。我就详细谈谈参观的经过吧，对你肯定会很有参考价值的。

那天我没有看见蔷薇，却找到了一个小小的火山弹，于是在草丛里坐了下来。空中布满了白色闪亮的鱼鳞状卷积云，荆棘中长了许多还未成熟的果实，茅草穗也已呼之欲出。太阳正当头悬挂在空中，看来已经到正午了。说实话肚子有点饿了，我从背囊中拿出带来的面包正准备吃，突然觉得口渴起来。走到现在都没碰到一处溪流或山泉，我想说不定再往前走一会儿会碰到水源，于是将火山弹放入背囊，直接背上了双肩。由于怕麻烦，连搭扣也没挂上，抽带也松松垮垮地耷拉着。我提起装面包的袋子，又步履蹒跚地向前走去。

越过一片片围栅般浓密的玫瑰，穿过一条条繁茂芒草间的小径，野地里仍然找不到任何水源的踪影。正当我灰心丧气地停下脚步，想要就这么把干巴巴的面包吃下去的时候，忽然听到了远处传来的铃声。那铃声像是学校里响起来的，一直传到了空中白色鱼鳞状卷积云的地方。这种野地里怎么会有学校呢？肯定是因为我突然停住不走，脑袋里嗡嗡作响的缘故吧。然而我由衷地感到那铃声是不容置疑的，何止是铃声啊，紧接着还传来了孩子们吵吵嚷嚷的声音。由于风向的缘故，那喧闹声时而清晰时而模糊，但听来的确是孩子天真无邪的声音。他们忽而你呼我应，忽而肆意嘶喊，忽而哈哈大笑，不时还夹杂着雄浑的成人声音。实在太有趣了！我忍不住朝那边跑了起来，连身体被菝葜[1]钩住，脚踏进

1　菝葜：攀援状灌木，根茎粗厚、坚硬，为不规则的块根。

坑洼里都没在意，只顾向着那边拼命奔跑。

　　跑了一会儿，荆棘渐渐少了，伸着一尺来长烟雾状绒穗的小鸡草却越来越多。我扑腾扑腾从上面跑过去，不知怎么突然像被什么东西绊了一下，一头栽倒在草丛里。急忙爬起来一看，原来是一团乱蓬蓬的草穗缠住了脚。我苦笑着又向前跑去，哪知又绊了一跤。我奇怪地仔细一看，那小鸡草的草穗貌似乱蓬蓬的，其实是从两边编结起来的，看上去像两扇门一样，原来是一种圈套。朝前边一看，这样的圈套还有很多，于是我开始小心翼翼起来。我尽量保持直线前进，可是一步一步蹑手蹑脚地还没有走满二十步，又被绊倒了。与此同时，对面突然响起一阵哄笑和喝彩声，抬头一看，只见一大群白色的、褐色的小狐狸正在朝我哄笑。他们或者只穿一件马甲，或者只穿一条短裤，有的扭着脖子在笑，有的噘着嘴一声不吭，有的张嘴向着天空呵呵喘气，有的一边蹦跳一边嚷嚷，实在是太多了。啊，终于来到狐狸小学了！终于来到那次在什么地方听人说过的茨海狐狸小学了！我满脸通红地站起来用手蹭了蹭身子。突然间，狐狸学生们一下子变得鸦雀无声，原来是一位穿着黑色双排扣长礼服的老师不声不响走了过来。那老师目不斜视，褐色的尖嘴半开半闭。说是老师，当然是狐狸老师，那尖尖的耳朵我到现在还记得很清楚。突然，老师停下了脚步。

　　"又是你们设的圈套吧！这位难得光临的贵客万一有个三长两短怎么办？这可关系到学校的名誉啊。看来今天不得不惩罚你们全体了。"

　　听到这话，狐狸学生们都垂头丧气地举起双手，耳朵也耷拉下来了。老师随后朝我走了过来。

"请问您是来参观的吗？"

我想当然地盘算着：就说自己是想顺便参观一下的吧。虽然今天是星期天，但刚才铃声还响了呢，看来狐狸也有自己的什么规则，今天是不休息的。

"是啊，很想参观一下。"

"请问是谁介绍您来的？"

我突然想起有一次《幼年画报》登载的一个叫竹司的人画的狐狸小学素描。

"是画家竹司先生介绍的。"

"那请问有介绍信吗？"

"没有介绍信。不过，竹司先生现在可非常了不起啊，他还是美术学院的会员呢。"

狐狸老师摆了摆手，意思是不行。

"总之，您没有介绍信啰？"

"没有。"

"那也罢，请先到这边来。现在正好是午休时间，下午上课可以陪您参观。"

我跟着狐狸老师走了，学生们目送着我们，身影渐渐变小。我们走过后，五十多只小狐狸才一个个站了起来。

这时，老师突然向后一转，大声命令道："把所有的圈套都拆掉！做这种事难道不会影响到学校的声誉吗？我一会儿就要惩罚主谋者。"

学生们手忙脚乱地窜来窜去，把所有的草丛圈套都拆掉了。

正前方有一道七尺来高的漂亮的野蔷薇围栅，足足有七丈长。围栅正中有个入口，里面高出来一截。我原认为这就是一个围栅，听老师客气地说了"请进"，一脚迈进去之后，却一下子惊呆了。这里原来是玄关，里面是修剪整齐的草坪，各个房间也是用野蔷薇分隔的。有脱鞋处，有皮拖鞋，还挂着马尾做成的拂尘。一走进房子，有间野玫瑰隔出的屋子，门口挂着一块黑牌子，写着"校长室"三个白字。房子里有走廊，教师办公室、教室也都是用野玫瑰枝条整齐地分隔开的，布局跟一般的小学一样。只是不管教室还是走廊都没有窗户和屋顶。既然没有屋顶，当然就不需要窗户，亮晃晃的白云就在教室上空飘动，我觉得这样其实很方便。隐约看到校长室里有个穿白衣服的人在走动，连干咳声也听得很清楚。我正四下张望，老师微笑道："请换上拖鞋，我们这就去见校长。"

我脱下长靴换上拖鞋，又将背包放下来拎在手里。老师趁空走进校长室，一会儿和校长一起出来了。校长是一只瘦瘦的白狐狸，穿着一件凉爽的立领麻布夏衫。由于是狐狸穿的西装，当然裤子上还带着个装尾巴的口袋，我猜定做这套衣服应该不会便宜。校长戴着大框眼镜，金黄色的眼睛直直地盯着我看，然后突然对我说道："欢迎您光临！我已经听说学生在操场上对您不礼貌的事了。来来来，请进！"

我跟着校长走了进去。校长室非常像样，桌上放着地球仪，后面玻璃橱里放着鸡骨骼和各种圈套样品，还有狼的标本、泥做的猎枪模型、猎帽、鸭舌帽……所有狐狸初等教育需要的教具一应俱全，看得我目不暇接。趁我看的时候，校长倒好了一杯茶。我瞥了一眼，那是红茶，好像还加了牛奶，真是太让我惊奇了。

"来，请坐吧！"

我于是坐了下来。

"嗯，请问，您应该是从事教学工作的吧？"校长问道。

"是的，我是农业学校的教师。"

"今天您休息，对吧？"

"对，是星期日嘛。"

"果然如此。你们使用的是太阳历，所以星期日就休息了。"

我听了觉得有点儿奇怪。

"那么你们是怎么休息的呢？"

狐狸校长抬头望了望蓝色天空上的某个地方，捋着胡须答道："您问了一个非常好的问题。我们使用的是太阴历，所以星期一休息。"

我钦佩至极。这么看来，这所学校的教学水平肯定相当高了。由于狐狸的学校根据学生的程度不同，只分为小学和大学两种，我估计这所茨海小学说不定实际可以教到中学五年级的水平，于是急忙问道："从这所学校升入大学的学生肯定不少吧？"

校长听了有点儿得意扬扬，显然认为我猜错了。他一边看着上面，一边回答道："哪里呀。其实今年有志于实业的学生出奇得多，十三个毕业生中就有十二个想回老家工作，只有一个参加了大谷地大学的入学考试，并且以优异的成绩考取了。"

果然他们是教到中学五年级的。

就在这时，旁边教员室走过来一个长着褐色粗毛的狐狸老师，只穿着一件黑色马甲。向我鞠了一躬后，他问道："武田金一郎要怎么处分？"

校长缓缓向他转过身去，又看了我一眼。

"这位是三年级的班主任。这位是麻生农业学校的老师。"

我稍微点了点头。

"怎么处分武田金一郎？虽然有客人在这里，我看还是把他叫过来吧。"

担任三年级班主任的褐色狐狸毕恭毕敬鞠完躬走了出去，没过多久，一个穿着蓝格子上衣的狐狸学生跟在他后面垂头丧气地走了进来。

校长从容地摘下眼镜，盯着那个叫武田金一郎的狐狸学生看了一会儿，问道："就是你鼓动大家在操场上设圈套的？"

"是的。"武田金一郎立正答道。

"你不觉得做那种事情不对吗？"

"现在觉得不对，可当时没有那么觉得。"

"为什么当时没有觉得不对呢？"

"因为当时没想要把客人绊倒。"

"那为什么那么做？"

"是想和大家一起进行障碍赛跑。"

"你忘了学校明令禁止设置那种圈套吗？"

"没忘。"

"既然没忘，为什么会做那种事！现在时不时会有客人来访，在操场入口处设置那种东西，万一客人有个三长两短该怎么办？你为什么要明知故犯？"

"不知道。"

"不知道啊？真的不知道的话也行，那你们为什么在这位客人被圈套绊倒时要哄笑？连我这里都听到了。为什么？"

"不知道。"

"不知道？看来是真的不知道了。要是知道了，大概就不会去做那种事了。今天的事我会向客人郑重道歉，你今后必须好好注意。记住，不许再做学校明令禁止的事！"

"是，我知道了。"

"那好吧，你可以回去玩儿了。"校长说完朝我转过身来，班主任还在一动不动地站着。

"您看到了，这是个天真无邪的孩子，绝不是恶意取笑您的。请您宽宏大量原谅他吧。"

我自然立刻回答："没关系，是我冒冒失失突然跑到操场里去的，对不起！虽然被学生们笑话了，但我反而挺高兴。"

校长擦了擦眼镜。

"哎呀，太谢谢您了！武村君，你也过来谢谢客人啊。"

三年级班主任武村老师向我鞠躬之后，又对校长点了点头，就回教员室去了。

狐狸校长低头哼了几下鼻子，重给我倒了一杯红茶。这时铃声响了起来，像是课前十分钟的预备铃。校长看着对面黑色的课程表对我说："下午一年级上的是'修身与护身'，二年级是'狩猎术'，三年级是'食品化学'，您是不是都想参观啊？"

"对啊，都想看一看。这些课都很有意思，没能从上午的课开始参观实在可惜。"

"哪里哪里，欢迎您随时再来参观。"

"'护身'和'修身'是放在一起教的吗？"

"是的。不过去年以前是分开教的，但是效果不太理想。"

"原来如此。对了，'狩猎'这种高雅课程你们也在教啊？我们人类只有高等专科学校或者大学里的森林专业才上这门课呢。"

"哈哈，是吗？但你们教的'狩猎'和我们教的'狩猎'，内容可是完全不同的哟。你们'狩猎'的内容编在我们的'护身'课里，我们的'狩猎'，其实讲的是'狩猎准备'，它的内容属于你们'畜牧'课的范围。这个到时候我再详细说吧。"

这时，铃声又响了。

一阵吵嚷声过后，在"立正""报数""向右看齐""齐步走"的号令下，狐狸学生们一个年级接一个年级地走进了教室。

过了一会儿，所有教室都安静下来，可以听得见老师讲课的洪亮声音了。

"那我就来为您介绍吧。"狐狸校长敏捷地努了努嘴，笑着从椅子上站起来，我跟着他走出了校长室。

"先向您介绍一年级。"

校长走进一间蔷薇隔出的教室，教室门口挂着"第一教室·一年级·班主任：武井甲吉"的黑色牌子。我也跟着走了进去，里面的老师我还没有见过。这位老师非常潇洒，一头银发梳成极为高雅的德国发型，穿着一件白色晨礼服站在讲台上。讲台后用荆条编成的墙上当然挂着黑板，老师的前面放着讲桌，大约十五个学生端正地坐在白色课桌后正在听讲。我们走进教室站好之后，老师从讲台上走下来对我们行了一礼，然后又站上讲台说道："这位是麻生农业学校的老师。全体起立！"

狐狸学生们刷地一齐站了起来。

"为了表示欢迎，我们一起来唱麻生农业学校的校歌。一、二、三、唱！"老师挥起手来，学生们开始高声齐唱我们学校的校歌，我差点儿感动地流出泪来。不管是谁突然来到茨海狐狸学校，听到狐狸学生们唱起自己学校的校歌，想必都无法不流泪吧。我皱紧眉头强忍着眼泪，总算没有哭出来。比起喜悦来，强忍着泪水实在太难受了。校歌唱完之后，老师寒暄了几句，摆手示意大家坐下来，随后拿起了教鞭。

黑板上赫然写着"最好的谎言是诚实"。老师开始继续解释这句话。

"因此，撒谎本来就是一种不好的行为，不论撒谎撒得多巧妙都是不对的。有智慧的人一眼就能分辨出真伪来。他们可以通过这些话是否前后矛盾立刻判别出真伪，还可以通过说话人的声音、脸色和姿态很快判断出真伪。所以谎言就算暂时没被戳穿，过不了多久也肯定会败露的。

"这句格言的意思是说：如果谁想把谎撒圆，首先得反复斟酌自己的谎言，考虑这样说的话会不会露馅，如果不行就必须改一改。可是改成另一种谎言后再考虑一下，发现还是有可能被戳穿，于是还是不得不再次改成其他的谎言。这样反复修改和思考之后他会发现，到了最后，自己说出来的竟然变成了真话。那么他说了真话后会怎样呢？其实结果反而比费尽心机撒谎要好得多。说真话就算暂时不会有好结果，但到最后呢？最后的结果肯定是好的。所以这句格言又可以说成'诚实是最大的便利'。"

老师面向黑板，在先前的格言旁写上了刚才所说的格言。

学生们一直把手放在膝盖上认真地听讲，这时一齐拿出笔来，抄下了黑板上的字。

校长瞟了我一眼，看样子是想知道我听这堂课的感受。我将眼睛闭上了五六秒，显出一副感慨颇深的表情。

大家做笔记的时候，老师背着双手盯着大家看，当学生们一个个放下笔抬起头之后，老师又开始接着讲了。

"刚才这句'诚实是最大的便利'，不单单是告诉我们不能撒谎，也可以从相反的方向来理解，那就是，人类不向我们狐狸撒谎是最大的便利。举个圈套的例子来说，圈套虽然有很多种，但最可怕的就是最像圈套的圈套，这也是构造极为简单粗糙的圈套。站在人类的角度来说，圈套虽然种类繁多，但最能抓住狐狸的是古已有之的圈套，这种古已有之的圈套一看外形就知道是抓狐狸的。所以，'诚实是最大的便利'真是说得千真万确。"

我左思右想，觉得这些内容作为"修身"内容来教不大合适。但突然又想起了校长刚才说的话——"今年把'修身'和'护身'变成一门课，大概效果会比较好。"哈哈，原来如此。我会意地点了点头。

老师接着道："武巢同学，去校长室把圈套的样品拿来。"

一个穿红马甲的狐狸学生从我跟前的第一排站起来，答了一声"是"，又朝我们鞠了一躬，就飞快地从荆条墙壁上的门口跑出去了。

老师静静地等着他，学生们也没作声。空中飘满了白云，太阳变得像一面银色的圆镜，徐徐微风吹得绿色的墙壁轻轻摇动起来。

那个叫武巢的孩子喘着气跑进教室，拿来了校长室玻璃橱里的五个圈套样品，他将样品放在讲台上，又回到了自己的座位。

老师拿起一个样品说道："这个是美国造的圈套，叫作狐狸捕捉器。它因为镀了镍，所以才这么闪闪发光。如果把脚伸进这个环里，环就会啪的一下收紧，脚就再也拔不出来了。这种圈套是用链条之类固定在粗树干上的，脚被它夹住一次，真的就一切都完了。当然了，碰到这种闪闪发光的可疑装置，没有谁会故意把脚伸进去的吧。"

狐狸学生们哄堂大笑，狐狸校长和狐狸老师也笑了起来，我也情不自禁地笑了。国外也好，日本也好，这种圈套的图纸总会附在种苗目录的最后，而且还说它很有效果，我觉得有点儿不可思议。

这时，校长悄悄从口袋里拿出表来瞄了一眼，我猜他是在暗示差不多该去下一个教室了，于是我也朝他稍微动了动身体。校长会意地走出教室，我跟在后面走了出来。

走进挂着"第二教室·二年级·班主任：武池清二郎"牌子

的教室,老师刚才在操场上已碰到过,学生们也一齐起立向我敬礼。

老师随即接着前面的课讲了起来。

"讲到这里,淀粉、脂肪和蛋白质这些成分的重要性,想必大家都已经很清楚了。

"接下来我要讲的是,在不同食物里,这三种成分各含有多大比例。一般来说,营养丰富且美味可口,外观又端庄的就是鸡了,所以生活中都把鸡称为食物中的王者。下面我们来看鸡肉的成分分析表,请大家做好笔记。

"蛋白质占18.5%,脂肪占9.3%,碳水化合物占1.2%。鸡肉不仅营养丰富,而且还非常有助于消化,特别是小鸡的肉,真的是又嫩又好吃,"老师说到这里轻轻咽了下口水,"好吃得简直无以言表。这一点,不管是谁,只要吃过想必都是知道的。"

学生们这段时间极为安静,校长也盯着地面沉思着。老师掏出手帕,把嘴擦干净后接着讲道:"一般来说,不光是鸡肉,鸟肉里面也含有大量能滋润我们脑神经的磷。"

这些内容在女子学校"家政"方面的书里是有记载的,但因为内容过于高深,我觉得非常不容易理解。

老师继续说道:"其实鸡蛋也是特别好的东西,和鸡肉的成分相比,它的蛋白质稍微少一点儿,脂肪稍微多一点儿,所以经常拿来给病人吃。接下来讲油炸豆腐。油炸豆腐过去供应量很大,但现在大不如前,已经没有那么受欢迎了。它的成分是蛋白质占22%,脂肪18.7%,碳水化合物占0.9%。这些内容现在已经不那么重要了,取代油炸豆腐的食品是最近盛行起来的玉米,只不过这东西不是太好消化。"

"时间差不多了，我陪您去下一个教室吧。"校长在我耳边低声说道，我点了点头，校长先站起来走出了教室。

"第三教室在对面那排的边上。"校长边说边从走廊快步往回走。经过刚才的第一教室旁边，穿过玄关，再走过校长室和教员室就是第三教室。教室外的牌子上写着"第三教室·三年级·班主任：武原久助"，这个班级就是刚才那位长着褐色粗毛的狐狸当班主任的。现在上的是"狩猎"课。

我们进去的时候，老师和学生都起立表示欢迎，然后又接着上课了。

"你们已经知道，'狩猎'分为'准备''行动''收尾'三个阶段，'准备'阶段就是鼓励养鸡，'行动'阶段就是把鸡抓住，'收尾'阶段就是把鸡吃掉。

"关于'准备'阶段如何鼓励养鸡，我打算逐步详细介绍给大家。现在我想举一个典型的范例。前几天，我在茨窟的松树林里散步时，看见对面过来一个穿着黑色学生制服的人类学生，好像正在苦思冥想。我因为马上就猜到那个学生在想什么，所以突然跳到了他跟前。这一跳看来把他吓得够呛，于是我先开口问道：'喂，你知道我是谁吗？'

"那学生答道：'你是狐狸吧。'

"'是的。不过我看你好像绞尽脑汁想得很费劲吧？'

"'没有啊，我什么都没想。'那个学生答道，其实这个回答正合我意。

"'既然你不说，我就来猜猜你在想什么吧。'

"'别猜了，我不需要。'他如此答道，其实这又正中我的下怀。

"'你是在琢磨后天的学艺汇报会上该说些什么好吧？'

"'嗯，确实是在想这个事呢。'

"'是吗？那我告诉你，你后天可以谈谈养鸡的必要性。普通农民家里，撒在地上掺了沙子的麦子、小米有不少，还有那些不要的菜叶啦，长了虫的卷心菜什么的。所有这些东西都可以喂给鸡吃，鸡很喜欢吃这些东西。母鸡还会生蛋，所以养鸡实在是很上算的。你这样说不就好了？'

"我说完之后，那个学生十分高兴，对我千恩万谢之后才离开。他肯定会在学艺汇报会上照我教的去说，大家听了觉得言之有理，会马上开始养鸡。大鸡、小鸡很快就会出现很多，那时候就到了我们采取'行动'的阶段了。"

听这个狐狸老师讲课的时候，我始终觉得很不对劲。他提到的那个学生是我们学校二年级的。在前几天的学艺汇报会上，那个学生确实讲述了碰到狐狸的全部经过，不过最后的结局和狐狸老师说的有些出入。按照那个学生的讲述，当时他也质问狐狸："什么？你是想先劝我们养鸡，然后再把鸡给抓走吧？"狐狸一听这话狼狈至极，一溜烟地跑掉了。

不过，学生讲述的这个经过，我始终没有说出口。

这时，正好下课铃响了。老师说道："今天就讲到这里。"

他对我们鞠了一躬，我跟着校长回到了校长室。

校长又给我倒了一杯红茶，问道："今天有何感想？"

我回答道:"老实说,不知道为什么,我脑袋里现在乱极了。"

校长大声笑道:"啊哈哈!谁到这儿听了课都这么说呢。对了,您今天在野地里发现什么好东西了吗?"

"是的,找到了一个火山弹,不过不完整。"

"可否让我一饱眼福啊?"

我没办法,只好从背包里拿出标本给他。校长拿在手里看了一会儿,然后说道:"实在是个不错的标本,怎么样?能捐赠给我们学校一个吗?"

我只好答道:"嗯,可以的。"

校长一声不吭地把它放进了玻璃橱。

我感到脑袋里已经乱作一团,实在待不下去了。

就在这时,校长突然说道:"那么,后会有期。"

我连忙说了声"告辞",就急匆匆地走出玄关,飞快地跑了起来。身后清晰地传来狐狸学生的喧闹声和老师的呵斥声。

跑呀跑呀,我一直跑到常去的茨海那片野地才停下来,然后开始慢慢往家里走去。

茨海狐狸小学到底实行的是什么教育方针?我到头来还是一点儿不明白。

说实话,真的不明白。